Andrea Sawatzki

Brunnenstraße

AF641253

PIPER

Zu diesem Buch

Andrea Sawatzki teilt ihre Kindheit in zwei Hälften – das Leben bis zu ihrem achten Geburtstag, das sie in der provinziellen Idylle Süddeutschlands verbrachte, und die Jahre, bis sie 15 wurde. Es ist die intensive und von ihr ungeschminkt dokumentierte Zeit mit ihrem Vater: Der erfolgreiche Journalist Günther Sawatzki entschließt sich in den frühen Siebzigerjahren, endlich seine Geliebte zu sich zu holen, Andreas Mutter. Doch bald stellt sich heraus, dass dieser so charmante und gebildete Mann schwer krank ist und auch seinen Beruf nicht länger ausüben kann. Das Geld wird knapp, die Mutter muss als Nachtschwester arbeiten. Und die nicht einmal zehnjährige Andrea kümmert sich um den dementen Vater, der launisch, ungeduldig und jähzornig ist. Zwischen den beiden einander immer noch fremden Menschen entspinnt sich ein geheimes Leben von Nähe und Zuneigung, Hass und vollkommener Hilflosigkeit. Bis es schließlich zu einem unausweichlichen Ende kommt.
In pointierten Szenen fängt Andrea Sawatzki die Siebzigerjahre ebenso bildkräftig ein wie ihre Gefühle als junges Mädchen, das zwischen Hoffnung und Überforderung um ihr eigenes Leben kämpft.

»Andrea Sawatzki beschreibt ihre Kindheit zwischen
Verzweiflung und Verantwortung ohne jede Larmoyanz.
Das nimmt einen mit.« *HR2*

Andrea Sawatzki, ist eine der bekanntesten deutschen Schauspielerinnen. Ihr autofiktionaler Roman »Brunnenstraße«, in dessen Mittelpunkt ihr an Demenz erkrankter Vater stand, war wochenlang auf der SPIEGEL-Bestsellerliste. 2025 legte sie mit »Biarritz« ein psychologisch schillerndes Buch über die Beziehung zu ihrer verwitweten Mutter vor. Andrea Sawatzki lebt in Berlin.

Andrea Sawatzki

BRUNNENSTRASSE

Roman

PIPER

Mehr über unsere Autorinnen, Autoren und Bücher:
www.piper.de

Wenn Ihnen dieser Roman gefallen hat, schreiben Sie uns unter Nennung des Titels »Brunnenstraße« an *empfehlungen@piper.de*, und wir empfehlen Ihnen gerne vergleichbare Bücher.

Von Andrea Sawatzki liegen im Piper Verlag vor:
Ein allzu braves Mädchen
Brunnenstraße
Biarritz

Die Bundschuhs:
Band 1: Tief durchatmen, die Familie kommt
Band 2: Von Erholung war nie die Rede
Band 3: Ihr seid natürlich eingeladen
Band 4: Andere machen das beruflich
Band 5: Woanders ist es auch nicht ruhiger

MIX
Papier | Fördert gute Waldnutzung
FSC® C021394

PRODUZIERT MIT VERANTWORTUNG

Ungekürzte Taschenbuchausgabe
ISBN 978-3-492-31938-6
1. Auflage September 2023
7. Auflage Januar 2026

Für direkten Kontakt und Fragen zum Produkt
wenden Sie sich bitte an: *info@piper.de*
Umschlaggestaltung: Cornelia Niere, München
Umschlagabbildung: privat
Satz: psb, Berlin
Gesetzt aus der Adobe Garamond
Gedruckt von ScandBook in Litauen
Printed in the EU

Für Christian, Moritz und Bruno

»Liebes: ein Mädchen! Und so süß soll es sein! Du weißt doch, Mädchen sind mehr für den Papa da, während Mütter mehr von Söhnen haben. Es muss ein sehr artiges Kind sein, weil es Dich, obwohl kein Junge, gesundheitlich so wenig gestört hat!! Hoffentlich nicht zu artig! Verwöhne es nur nicht so, wie Du mich verwöhnst, das rächt sich. Ich hoffe, in ca. 4 Wochen gesundheitlich so weit wiederhergestellt zu sein, dass ich Euch besuchen kann. Denn nicht nach Schlehdorf zu kommen, ist ja ganz ausgeschlossen.«

Günther Sawatzki an seine spätere Frau,
24. Februar 1963

Ich habe es versucht. Immer wieder. Habe begonnen und abgebrochen. Und dann die Geschichte so erzählt, dass ich in mir selbst eine Fremde sehen konnte, mit der ich nichts zu tun hatte. Ich verbarg mich, um diese Person, die mir Angst machte, von außen betrachten zu können. So tastete ich mich an das Geschehene heran, konnte ein bisschen besser verstehen, warum aus mir ein Kind geworden war, das seine Kindheit abgestreift hatte wie eine lästige Haut. Das, als sich ihm die erste Chance bot, sich für das Böse entschieden hat.

Mittlerweile kann ich mit der Wahrheit umgehen. Ich habe das Kind in mir wiedergefunden. Ich habe mir verziehen. Es zählte für mich nur eines: Weiterleben.

1

Wenn ich an meine Kindheit denke, denke ich an die Blumen in unserem Garten. Meine Kindheit ist eingeschweißt in ein Blumenbild.

Es gab auch den Winter in meiner Kindheit, in dem sich der Himmel wie eine feuchtkalte Decke über uns legte. Aber in meiner Erinnerung sehe ich immer den Sommer. Die Blumen blühen vor meinem Kinderzimmerfenster.

Als kleines Mädchen spürte ich, solange die Blumen da waren, konnte mein Leben nicht so schnell vorbei sein, wie ich manchmal fürchtete. Ich erinnere mich an den Duft der Wicken, die sich an dem rostigen Abflussrohr unserer Regenrinne emporrankten, den Duft der Rosen im Vorgarten, das Lila des Rittersporns, das Leuchten der Feuerlilien.

Wenn es regnete, öffnete ich die Fenster und lauschte dem Prasseln der Tropfen auf den Blättern der Bäume, dem Gurgeln des Wassers im Abfluss auf der Terrasse. Das Geräusch mischte sich mit dem Trommeln des Regens auf den Fliesen, und ich fühlte mich trotz allem geborgen und beschützt.

An anderen Tagen brannte die Sonne auf unser Haus herunter. Die Luft hing schwül und schwer in den Räumen, die Balken knarrten, und das Summen der Fliegen hinter den geschlossenen Fenstern klang wie ein immer wiederkehrender schlechter Traum.

2

Ich teile meine Kindheit in zwei Leben auf.

Mein erstes Leben dauerte bis zu meinem achten Jahr. Ich lebte mit meiner Mutter in Vaihingen an der Enz. Sie arbeitete tagsüber als Krankenschwester in einer Klinik, und ich verbrachte meine Zeit am liebsten in den Straßen oder oben in den Weitfeldern, die die kleine Stadt umgaben. Ich war frei und mir selbst überlassen, und ich erinnere mich, dass ich glücklich war. Meinen Vater kannte ich kaum. Er lebte weit weg und war mit einer anderen Frau verheiratet. Manchmal besuchte er uns. Dann schlief er in einem Hotel, damit die Nachbarn nicht auf unanständige Gedanken kamen. Ich kannte damals keine Männer, zumindest gehörte keiner in unser Leben.

Wenn mein Vater uns besuchte, sprach er anders mit mir als meine Mutter, er nahm mich anders in den Arm, und er roch anders. Ich bemühte mich, mich so zu benehmen, wie ich es bei meinen Freundinnen und ihren Vätern gesehen hatte. Ich setzte mich auch manchmal auf seinen Schoß und ließ mir sagen, dass ich ein tolles großes Mädchen sei. Aber mein Gefühl sagte, dass mit mir etwas nicht in Ordnung sein konnte, weil ich nichts fühlte.

Als ich acht Jahre alt war, starb die erste Frau meines Vaters, und meine Eltern beschlossen zusammenzuziehen. Natürlich fand ich den Gedanken, einen eigenen Vater zu bekommen, schön. Alle meine Freundinnen hatten einen Vater. Und dass ich jetzt auch einen eigenen bekommen würde, machte mich stolz.

3

Die Hochzeit meiner Eltern sollte 1971 am Ende meiner Sommerferien in Vaihingen stattfinden. Das hatte sich meine Mutter so gewünscht. Sie wollte all ihre Arbeitskolleginnen aus der Klinik, die inzwischen zu engen Freundinnen geworden waren, dabeihaben. Sie war stolz darauf, nicht mehr arbeiten zu müssen, weil mein Vater uns jetzt versorgen würde.

Meine Mutter zeigte mir das Hochzeitskleid, das sie sich für den großen Tag gekauft hatte. Es war aus hellblauem Brokatimitat, schlicht und gerade geschnitten, ärmellos und mit einem kleinen, von Strasssteinchen besetzten Stehkragen. Passend dazu ein kleines Jäckchen. Sie hatte das Kleid und das Jäckchen für mich angezogen und drehte sich lachend im Kreis wie ein Mannequin. Sie sah wunderschön aus. Für mich war sie in diesem Moment die schönste Mutter auf der ganzen Welt. Das Jäckchen habe ich ihr später abgeluchst und mit zerrissenen Jeans und alten Turnschuhen kombiniert. Ich trug es, bis die Perlen und Steinchen abgefallen waren und der Stoff Fäden zog. Das Jäckchen bedeutete mir viel. Es gab mir das Gefühl, meine Mutter ganz nah bei mir zu haben. Noch nach Jahren bildete ich mir ein, ihr Parfum zu riechen, wenn ich das Jäckchen trug.

Meine Mutter plante, den Umzug zu meinem Vater auf die Woche vor der Hochzeit zu legen. Danach gingen auch meine Sommerferien zu Ende, und ich würde in die dritte Klasse an meiner neuen Grundschule kommen.

Diese letzten Sommerferien vor den großen Ereignissen verliefen anders, als ich es bis dahin gewöhnt war. Meine Mutter war das erste Mal nicht mit mir ans Meer gefahren. Stattdessen hatte sie mich in einem Ferienheim in Hemsbach untergebracht, einem kleinen Städtchen in Baden-Württemberg. Meine Abwesenheit haben meine Eltern genutzt, um sich ein wenig näherzukommen, wie meine Mutter es nannte. Abgesehen von den wenigen Besuchen meines Vaters kannten sie sich ja kaum.

Von den Wochen im Ferienheim habe ich mir ziemlich viel versprochen, und die Enttäuschung war bodenlos. Denn das Gebäude, in dem wir wohnten, war kein altes, von dichtem Grün umgebenes Schloss mit knarzenden Treppen und hohen Fenstern, wie ich es mir in meiner Fantasie ausgemalt hatte. Es war ein grauer Betonbau mit einem asphaltierten Parkplatz, hinten grenzte es an eine trostlose Wohnsiedlung. Ich erinnere mich an das Heimweh, das mich plagte, obwohl mir meine Mutter jeden Tag eine Postkarte mit einem Tiermotiv vornedrauf schickte. Die Betreuerinnen in diesem Ferienheim waren streng, das Essen fad. Die Tage verbrachten wir oft damit, auf den Abend zu warten. Nur die Gewissheit, wieder einen Tag hinter uns gebracht zu haben, tröstete uns. Einmal pro Woche durften wir in ein kleines Hallenbad. An anderen Tagen mussten wir im Gänsemarsch durch die Felder laufen. Abends waren wir so müde, dass wir sogar unser Heimweh vergaßen und uns nur noch auf die Klappbetten im großen Schlafsaal freuten.

Ich fand heraus, dass ich großes Aufsehen damit erregen konnte, Schlafwandeln vorzutäuschen. Kaum war das Saallicht gelöscht worden, erhob ich mich und wanderte mit aufgerissenen Augen und Unverständliches vor mich hin murmelnd durch die Bettreihen. Die anderen Kinder riefen die Betreuerin, die mich zurück ins Bett bugsierte. Aber wenige Minuten später begann ich von vorn mit meiner Vorstellung. Mein Schlafwandeln wurde *das* Gesprächsthema im Frühstücksraum. Aber nach und nach verebbte das Interesse an mir, und meine Wehmut und Einsamkeit kehrten zurück.

Wenn wir uns in den Augen der Betreuerinnen danebenbenommen hatten, wurden wir in dem großen Gemeinschaftswaschsaal in eine Art Duschkabine gesperrt. Handtellergroße Nachtfalter klebten an den Wänden, die einem ins Gesicht flogen, wenn man nachts aufs Klo musste und das Licht anmachte.

Einmal besuchten mich meine Eltern dort. Sie waren in dem Ford Taunus meines Vaters angereist, trugen Kostüm und mein Vater weißes Hemd und Anzug. Sie hielten sich an den Händen, und ich war, obwohl mir der Anblick einen Stich versetzte, stolz darauf, zu einer echten kleinen Familie zu gehören.

Nach der Zeit im Ferienheim brachte mich meine Mutter zu ihrer Freundin Doris. Sie wollte den Umzug von Vaihingen zu meinem Vater nach Baldham noch vor der Hochzeit abwickeln, damit ich dann mit ihr in ein perfektes neues Zuhause käme. Bevor es so weit war, sollte ich bei Doris untergebracht sein. Sie hatte sich oft um mich gekümmert, und ich mochte sie. Inzwischen hatte sie selbst drei kleine Kinder und lebte am Rand einer Siedlung im Bayerischen.

Die Kinder lenkten mich von meinem Heimweh ab. Auch gab es einen blauen Wellensittich, der so zahm war, dass er mir die Körnchen aus der Hand pickte. Später habe ich erfahren, dass sein Zutrauen nicht freiwillig, sondern seinem Hunger geschuldet war. Er bekam außer den Körnchen, die ich ihm gab, gar nichts anderes. Er bekam genau einen Teelöffel Futter pro Tag.

Mein Heimweh wurde nicht kleiner, aber der Tag der Hochzeit rückte näher und damit auch der Tag des Wiedersehens mit meiner Mutter.

Kurz vor der Hochzeit sollte mein Vater mit dem Auto kommen, um mich abzuholen. Ich war aufgeregt und konnte die Nacht vor seiner Ankunft kaum schlafen. Als mein Vater in der Tür stand, hatte ich so starkes Bauchweh, dass ich mich nicht gerade halten konnte. Ich versuchte, mir nichts anmerken zu lassen, aber den Erwachsenen blieben mein aschfahles Gesicht und die gekrümmte Haltung nicht verborgen. Mein Vater entschied kurzerhand, mich nicht zur Hochzeit mitzunehmen.

Ich weinte und schrie und schämte mich zugleich, dass mein Vater mich so sah. Aber die Vorstellung, nicht bei der Hochzeit meiner Mutter dabei sein zu dürfen, war mir unerträglich. Ich gehörte doch zu ihr.

Nachdem mein Vater ohne mich abgefahren war, rannte ich aus dem Haus und an den Feldern entlang, bis ich nicht mehr konnte. Ich setzte mich ins Gras, langsam kam mein Atem zurück, die Tränen trockneten auf meinen Wangen.

Die Kühe betrachteten mich aus ihren schönen, traurigen Augen. Dann kamen sie näher, beschnupperten mein Haar und leckten meine Hände.

4

Die Hochzeit war ohne mich gefeiert worden. Einen Tag darauf stand meine Mutter vor Doris' Haus, um mich abzuholen. Sie weinte unaufhörlich, nahm mich fest in den Arm, küsste mich und bat mich, ihr zu verzeihen, dass sie sich nicht gegen meinen Vater hatte durchsetzen können. Später erfuhr ich, dass er seine Entscheidung gar nicht mit ihr besprochen hatte. Er hatte einfach plötzlich allein in der Tür gestanden.

Auf der Fahrt nach Hause erzählte meine Mutter von der Hochzeit. Ich machte es mir mit meinen Puppen und Plüschtieren auf der Rückbank unseres VW Käfers bequem und ließ mich von meiner Mutter in mein neues Leben chauffieren, wobei ich die Gesichter meiner Puppenkinder immer wieder gegen die Scheiben presste, damit sie nichts von der spannenden Reise verpassten.

Sie hatten standesamtlich geheiratet, danach gab es ein Essen. Sie berichtete von ihren Freundinnen, die alle gekommen waren, von meinen Pflegeeltern und Pflegeomas, die bis dahin auf mich aufgepasst hatten und bei der Nachricht, dass sie mich nicht in die Arme schließen konnten, in Tränen ausgebrochen waren. Jeden zweiten Satz schloss meine Mutter mit dem Bedauern darüber ab, dass ich bei diesem wichtigen Ereignis nicht dabei gewesen war, und dass ihr das so leidtat. Ich hörte irgendwann nicht mehr zu. Dass mein Vater keinen einzigen Freund eingeladen hatte, erzählte sie noch. Er war allein gekommen.

Nach einigen Stunden erreichten wir das Haus, in dem mein Vater nun schon einige Monate ohne seine Frau lebte. Meine Mutter parkte vor der Einfahrt und betrachtete ihr neues Heim. Sie guckte lange zu dem Haus hinüber, und ich wartete, dass sie irgendetwas sagen würde. Aber sie schwieg und schaute nur.

»Mama?«, sagte ich, um sie daran zu erinnern, dass ich auch noch im Auto saß. Sie drehte sich langsam zu mir um und sagte: »Wir sind da.«

Ich wusste nicht, was sich meine Mutter von ihrem neuen Leben noch erhofft hatte. Ihr Plan war es zumindest gewesen, dass sie von nun an nicht mehr arbeiten würde, weil mein Vater genug Geld für uns alle verdiente. Mir gefiel die Aussicht darauf, meine Mutter in Zukunft für mich allein zu haben.

5

Meine Mutter hatte mich 1963 zwar in Bayern zur Welt gebracht, aber ein paar Wochen nach meiner Geburt eine Stelle als Krankenschwester im schwäbischen Vaihingen gefunden. Mein erstes Lebensjahr verbrachte ich als Gast auf der Säuglingsstation, weil meine Mutter nicht wusste, wohin mit mir. Sie hatte ein Zimmer im Schwesternheim, und dort waren Kinder nicht erlaubt. Alleinerziehende Mütter waren in den Sechzigerjahren nicht vorgesehen. Und man wollte diesem Zustand auch keinen Vorschub leisten.

Mir ging es gut auf der Säuglingsstation. Die jungen Krankenschwestern waren noch kinderlos und rissen sich um mich. Ich wanderte von einem Arm zum nächsten, wurde geherzt, gestreichelt und geküsst. Es gibt kein Foto von mir, auf dem ich nicht glücklich und zahnlos in die Kamera lache.

Nach meinem ersten Geburtstag musste ich die Station verlassen. Angeblich bestand die Gefahr, dass ich nun angesichts von gelegentlichen Ausflügen Krankheiten einschleppen und die Neugeborenen anstecken könnte. Weil meine Mutter nicht genug Geld hatte, um sich eine eigene Wohnung oder gar ein Kindermädchen leisten zu können, fasste sie einen schweren Entschluss. Sie gab mich unter der Woche in die Obhut einer »Kinderoma«. »Oma Müller« war die betagte Mutter einer anderen Krankenschwester, mit der meine Mutter sich damals angefreundet hatte. Und da Oma Müller auf ihre eigenen Enkel aufpasste, nahm sie mich einfach dazu. Und von Samstag auf Sonntag durfte ich dann ausnahmsweise bei meiner Mutter im Schwesternheim übernachten. Aber sobald meine Mutter am Sonntagnachmittag die Tür ihres roten Käfers zugeschlagen hatte und davongebraust war, hatte ich sie vergessen. Oma Müller besaß nämlich Hasen und ein dreibeiniges Rehkitz, dem der Mähdrescher das vierte Bein abgerissen hatte und das man viel streicheln musste, damit es sein Trauma vergaß. Und sie besaß einen echten Collie namens »Lassie«. Die gleichnamige Fernsehserie war ein echter Straßenfeger, und ich hatte mich schon in der ersten Folge in den vierbeinigen Helden verliebt.

Oma Müller lebte in Nußdorf, einem kleinen Ort mit gepflegten Vorgärten und schmucken Häuschen, eingebettet in idyllische Weinberge. Es gab kaum Verkehr, und die Kinder spielten auf den Straßen und wenig befahrenen Wegen.

Wenn ich krank war, durfte ich tagsüber in Oma Müllers dunklem Schlafzimmer im Ehebett liegen. Der Opa lebte da schon nicht mehr. Ich versank in dem großen Bett mit den Spitzenkissen, bekam Pfannkuchen und Kamillentee und eine gusseiserne Wärmflasche unter die Füße. Diese Wärmflasche war das Schönste für mich. Sie schimmerte golden und besaß oben einen Metallring, an dem man sie hochheben konnte, ohne sich die Finger zu verbrennen.

Wenn meine Mutter mich am Wochenende zu sich ins Schwesternheim holte, konnte es passieren, dass sie mich kaum mehr verstand. Denn ich lernte gerade sprechen, und Oma Müller und die Kinder in ihrer Nachbarschaft schwäbelten, dass sich die Balken bogen. Meine Mutter stammte aus Westfalen, das Schwäbische war ihr immer fremd geblieben. Einmal machten wir einen Besuch im Stuttgarter Zoo, und mir fiel ein Papagei auf, der so laut kreischte, dass ich mir die Ohren zuhalten musste. Ich wartete, dass er sich wieder beruhigen und still sein würde, denn Herumschreien gehörte sich nicht. Aber der Vogel dachte gar nicht daran, den Schnabel zu halten. Also stellte ich mich vor ihn hin und schrie aus voller Kehle: »Jetz halt dei Gosch, sonscht kriegscht glei en Arsch voll!«

Die anderen Besucher schauten mich entgeistert an, und meine Mutter versank vor Scham im Boden. Woher sollte ich wissen, dass die Stuttgarter anders sprachen als die Nußdorfer.

Als ich drei Jahre alt war, ergab sich für meine Mutter die Gelegenheit, mit mir für wenig Geld in die Souterrainwohnung eines Einfamilienhauses in Vaihingen zu ziehen. Sie hatte sich im Krankenhaus so liebevoll um die an Krebs erkrankte Schwester der Vermieterin gekümmert, dass diese ihr später anbot, mit mir in ihrem Haus zu leben. Frau Sonntag, die ich Tante Suse nannte, passte von da an auf mich auf. Sie führte ein strenges Regiment, was sie sagte, wurde gemacht. Bei Widerworten hagelte es Ohrfeigen. Obwohl wir im Grunde nur »zu Gast« bei Familie Sonntag wohnten und meiner Mutter sicher klar war, dass wir dort nicht ewig würden wohnen können, wurde Tante Suse zu einer zweiten Mutter für mich. Ich bewunderte Bettina, ihre Tochter, die vier Jahre älter als ich war und mein großes Vorbild wurde. Noch Jahre später behauptete ich, dass sie in Wirklichkeit meine leibliche Schwester wäre.

Die fünf Jahre bei Familie Sonntag waren für mich die schönsten im Leben. Zwar musste ich artig sein, aber ich spürte doch, dass ich auf eine Weise geliebt wurde.

Meine Mutter empfand die Zeit dort ganz anders als ich. Sicher wartete sie insgeheim darauf, dass mein Vater seine erste Frau verlassen und uns zu sich holen würde. Das weiß ich aus einem Brief an Tante Mene:

»Ich habe etliche Pechsträhnen hinter mir und hoffe, dass es langsam besser wird. Andrea ist ein Schatz! Ich genieße immer die Zeit, wo ich sie bei mir haben kann. Sie plappert alles nach und ist furchtbar wild. Kürzlich musste sie am Kinn genäht werden. Jetzt war wieder die Nase kaputt.«

6

Hatte mein Vater vergessen, dass wir kamen, oder hatte er sich etwas vorgenommen, was wichtiger war als unsere Ankunft? Jedenfalls war er nicht zu Hause. Wir klingelten, und nichts geschah. Also öffneten wir das alte Gartentörchen und liefen um das Mehrfamilienhaus in den hinteren Garten, um durch die Fenster im Erdgeschoss in die Wohnung zu sehen. Es war niemand zu Hause.

Meine Mutter setzte sich auf einen rostigen Gartenstuhl. Dann sagte sie: »Der spinnt doch.«

Mir machte das nicht so viel aus, ich kannte meinen Vater ja kaum. Vielleicht hatte ich auch ein bisschen Angst vor diesem ersten Zusammentreffen in seinem Reich.

Ich ließ meine Mutter auf ihrem Stuhl sitzen und begann, den Garten zu erkunden. Er war verwildert und wirkte auf mich riesengroß. Mannshohe Hecken verdeckten den Blick auf die Nachbargrundstücke. Übermütig kletterte ich auf eine riesige Linde und rief meiner Mutter von oben zu, dass ich noch nie so einen schönen Garten gesehen hätte.

»Lass den Quatsch, Andrea, und komm sofort da runter!«, sagte sie. Dann stand sie auf und lief wieder um das Haus. Ich blieb noch ein bisschen auf meinem Ast sitzen und betrachtete mein neues Zuhause. Ich dachte schon damals, dass mir dieses neue Zuhause genügen würde. Auch ohne einen Vater.

Als der Ford Taunus vor dem Haus einparkte, dämmerte es schon. Wir erhoben uns von den Eingangsstufen und liefen meinem Vater zögernd entgegen. Bevor meine Mutter den Mund öffnen konnte, rief er: »Ihr seid schon da? Wie schön! Ich dachte, ihr kämt erst morgen!«

7

Unsere neue Wohnung lag im Erdgeschoss. Wir betraten einen schmalen Flur, von dem nach links Schlafzimmer, Kinder- und Wohnzimmer mit großen, in den Garten hinausweisenden Fenstern abgingen, durch die die letzten Sonnenstrahlen des Tages fielen. Von jetzt an besaßen wir drei Zimmer – mit einem eigenen Zimmer für mich allein. Ich fühlte mich unermesslich reich. Rechts befanden sich das kleine Bad und eine Toilette. Am Ende des Flurs lag die Küche. Eine Schiebetür aus geriffeltem Glas führte von dort in ein winziges Esszimmer.

In der ersten Etage lebte unsere Vermieterin, außerdem hatte mein Vater dort noch ein separates Arbeitszimmer. Aber das sahen wir uns erst später an.

Das Fenster meines Zimmers nahm fast die ganze Wand ein. Wenn ich mich auf die Fensterbank hockte und nach draußen sah, fühlte es sich an, als säße ich mitten in einem Blumenmeer. Ansonsten war das Zimmer recht klein und durch eine zweite Schiebetür aus geriffeltem Glas mit dem Wohnzimmer verbunden. Für mich hatte diese Schiebetür den Vorteil, dass man den Umriss eines Menschen schon vor dem Öffnen der Tür sehen konnte. Und wenn ich in meinem Bett lag und nicht einschlafen konnte, hatte ich das Gefühl, nicht allein zu sein, wenn meine Eltern noch im Wohnzimmer saßen und sich unterhielten.

Meine Mutter hatte als Willkommensgeschenk mein altes Bett grün gestrichen. Grün passte ihrer Meinung nach besser in die bayerische Umgebung. Und sie hatte rot-weiß karierte Bettwäsche genäht. Später lag ich sehr zufrieden in meinem »bayerischen« Bett. Schwach schien das Wohnzimmerlicht durch das Riffelglas, und ich lauschte den Stimmen meiner Eltern nebenan. Hin und wieder hörte ich meine Mutter lachen. Und obwohl ich sie nicht sehen konnte, wusste ich, dass sie in diesem Moment glücklich war.

8

Meine Mutter wurde 1931 geboren. Sie wuchs in Westfalen auf, in einem kleinen Ort namens Bad Oeynhausen. Schon als sie zwei Jahre alt war, starb ihre Mutter, meine Großmutter, und ihr Vater, ein Florist, heiratete ein zweites Mal. Seine neue Frau kümmerte sich um das Geschäft und brachte noch eine Tochter zur Welt. Die Kinder lebten in einem großen Haus, in dem auch schon einmal das Personal die Aufsicht über die Kinder übernahm, wenn es für die Eltern im Geschäft hektisch wurde.

Mit vier Jahren stürzte meine Mutter kopfüber in ein mit einer Glasplatte abgedecktes Blumenbeet. Das Glas zerbrach und schnitt meiner Mutter ins Gesicht, ihre Nase hing nur noch an einem Zipfel. Das Gebrüll der kleinen Emmi versetzte die Eltern aber weniger in Schrecken als vielmehr die Befürchtung, dass ihre Nase, die immer das Allerschönste, ja eigentlich das einzig Schöne an ihr gewesen war, nun für immer verunstaltet sein würde.

Sie brachten sie in das nächstliegende Krankenhaus, und ihre Nase wurde notdürftig angenäht. Erst später hatte man das Kind gefragt, ob man die schief zusammengewachsene Nase richten solle, aber meine Mutter muss vor Entsetzen so fürchterlich geschrien haben, dass man von dem Vorhaben abließ. Danach war von ihrer Nase nie wieder die Rede. Doch meine Mutter hat sich zeitlebens für sie geschämt.

Ein paar Jahre später brach der Zweite Weltkrieg aus. Meine Großeltern kümmerten sich um ihre Geschäfte und hofften, die Nazis und den Krieg einigermaßen unbeschadet zu überstehen. Doch mein Großvater erkrankte schwer an Blasenkrebs. Schmerzmittel gab es nicht, eine Heilung war aussichtslos. Er starb noch vor dem Ende des Krieges, und meine Mutter wurde mit vierzehn Jahren zur Halbwaise.

Nach seinem Tod zog sie zu Hause aus und arbeitete als Kindermädchen bei einer englischen Familie in der näheren Umgebung, was für sie verheißungsvoll geklungen haben muss. Meine Mutter liebte Kinder. Aber die Hausherrin sah in ihr auch eine Putzkraft und eine Wäscherin. Stundenlang musste sie im eiskalten Keller die Bettwäsche der Familie in großen Kübeln auskochen. Sie durfte nicht bei Tisch essen, sondern saß in der Küche und, was das Schlimmste für sie war, musste den Gästen die Tür öffnen und sich als Dienstmädchen präsentieren. Dafür schämte sie sich, denn sie war ja selbst mit Dienstmädchen aufgewachsen. Manchmal versteckte sie sich und weigerte sich, die Tür zu öffnen. Dafür wurde sie regelmäßig von der Hausherrin verprügelt.

Mit sechzehn verließ sie den Haushalt und ging nach Bethel, um dort mit Behinderten zu arbeiten. Es erfüllte sie, den Menschen helfen zu dürfen. In Bethel machte sie eine Ausbildung zur Krankenschwester und trat ein paar Jahre später ihre erste Stelle in Köln an.

1961, sie war inzwischen dreißig Jahre alt, ohne jegliche sexuelle Erfahrung, wurde ein Mann auf ihrer Station eingeliefert, der sie unmittelbar in seinen Bann zog. Zum ersten Mal vergaß sie die Scham über ihre verunstaltete Nase und erwiderte sein vorsichtig geäußertes Interesse.

Er war beträchtlich älter als sie, in seinen Fünfzigern, und angesehener Chefredakteur des *Kölner Stadtanzeigers*. Sein Name war Günther Sawatzki. Seine selbstironische Art, sein kluger Humor, sein anziehendes Äußeres gefielen ihr. Er besaß eine gewisse Ausstrahlung, stand im Zenit seiner Karriere und liebte seine Arbeit als Journalist. Er schrieb über Musik und Literatur ebenso wie über das Theater. Man schätzte ihn, der nie respektlos urteilte, immer sorgfältig abwägte.

Insbesondere die jungen Volontäre bei der Zeitung liebten die Arbeit mit ihm, weil er sich Zeit nahm und ihnen geduldig das Handwerk beibrachte. Auch der junge Siegfried Lenz gehörte zu ihnen.

Doch soeben hatte er seinem Verlag die Kündigung mitgeteilt. Er wollte in Zukunft als freier Journalist arbeiten und sich vor allen Dingen als Drehbuchautor fürs Fernsehen etablieren.

9

Günther Sawatzki war zu jener Zeit verheiratet und hatte einen Sohn. Die Ehe war nicht glücklich, jedoch blieb man zusammen, um dem Kind eine Familie zu sein. Die Frauen umschwirrten meinen Vater wie Nachtfalter das Licht. Und er war dem weiblichen Geschlecht nicht abgeneigt. Er mochte keine Partys und schon gar keinen Small Talk, aber einer attraktiven Frau konnte er nur schwer widerstehen.

Dennoch verliebte er sich ausgerechnet in meine schüchterne, unerfahrene Mutter. Er musste sie sich genau angesehen haben, seine Zeit in der Klinik bot ihm ausreichend Gelegenheit dazu. Ihm imponierte, wie sich meine Mutter die Leiden der Menschen zu Herzen nahm. Sie half ihnen gerne, vor allem aber war sie eine gute Zuhörerin. Auch ihm.

Er fühlte sich in ihrer Obhut wohl. Endlich nahm jemand seine hypochondrischen Züge ernst. Eine hartnäckige Erkältung, die er schon drei Wochen mit sich herumschleppte und die, das spürte er, bei falscher Behandlung in einer Lungenentzündung münden würde, hatte ihn den Entschluss fassen lassen, sich umgehend ins Krankenhaus zu begeben. Seine größte Sorge galt immer der Gesundheit, egal ob seiner eigenen oder der von ihm nahestehenden Menschen. Meine Mutter kannte sich aus mit solchen Patienten. Sie arbeitete auf der Privatstation, da blieben die Leute auch mit kleineren Wehwehchen hin und wieder länger als ursprünglich vorgesehen.

Am letzten Tag vor seiner Entlassung stürzte meine Mutter von einer Leiter und brach sich die Rippen. Fortan besuchte er, der endlich und allein durch ihre Pflege genesen war, sie täglich und brachte ihr Blumen und Pralinen und Bücher ans Bett. Die Bücher waren ein wichtiges Bindeglied zwischen den beiden. Obwohl ohne richtigen Schulabschluss, las meine Mutter für ihr Leben gern. Sie liebte die französische Autorin Colette. In den unverfänglichen, aber äußerst dramatischen Liebesgeschichten konnte sie sich verlieren. Außerdem gefiel ihr, dass Colette ihren Protagonisten grundsätzlich ein Happy End schenkte.

Mein Vater öffnete ihr die Augen für die große Literatur. Von der ersten Begegnung an las sie alles, was er ihr ans Herz legte. Er liebte die Literatur und hatte einen Sinn für das Schöne im Leben, bewohnte mit seiner Familie eine großzügige Wohnung in Köln. In seinem Schrank hingen für jeden Anlass der passende Anzug und die richtige Krawatte. Wenn er ins Krankenhaus kam, parkte er seinen Wagen, einen nagelneuen cremefarbenen Ford Taunus, gleich vor dem Eingang.

Er war fünfundfünfzig Jahre alt und frisch verliebt.

10

Meine Eltern hielten den Kontakt, nachdem er aus der Klinik entlassen worden war. Sie sahen einander nur selten, aber sie schrieben sich in diesen ersten Monaten regelmäßig Briefe, in denen sie ihren Alltag miteinander teilten.

Im Sommer 1962 reiste mein Vater beruflich in die Toskana. Er lud meine Mutter ein, ihn zu begleiten. Zuvor hatte er irgendwo gelesen, dass man, um gesund zu bleiben, jeden Tag eine Flasche Sauerkrautsaft zu trinken habe. Also befüllte er den Kofferraum seines Wagens mit drei Dutzend Flaschen und versuchte unterwegs, meine Mutter auch von der reinigenden Kraft des Sauerkrautsafts zu überzeugen. Sie mochte ihn nicht und verzichtete gern darauf, sich an dieser merkwürdigen Kur zu beteiligen. »Ich hatte mir diesen Saft auch etwas schmackhafter vorgestellt. Und bekömmlicher!«, gestand mein Vater ein. Schließlich hielten sie an einem Rastplatz in der Po-Ebene und entsorgten die Flaschen. Sie konnten sich vor Lachen kaum auf den Beinen halten.

Als meine Mutter ihm ein paar Wochen nach der Reise wieder gegenüberstand, berichtete sie ihm von ihrer Schwangerschaft. Dann setzte sie hinzu: »Ich habe allerdings schon einen Kontakt ausfindig gemacht. Ich habe mich entschieden, das Kind nicht zu bekommen.« Mein Vater schwieg zunächst. Hatte er ihr nicht zugehört? Er reagierte gar nicht. Sie wiederholte: »Ich werde eine Abtreibung vornehmen lassen«, da nahm er sie in die Arme und sagte, er werde sie mit dem Kind nicht alleinlassen.

Er wollte meine Mutter während der Schwangerschaft bei sich haben. Übergangsweise, vielleicht auch, weil die Arbeit als selbstständiger Autor doch nicht von heute auf morgen geklappt hatte, ließ er sich vom Springer Verlag nach London schicken, wo er für den Auslandsdienst zuständig sein würde. Seine Arbeit begann um sieben Uhr morgens und endete nicht selten nach Mitternacht. Er fühlte sich auf seinem Posten ziemlich alleingelassen. Es war die Zeit der Kubakrise, Oktober 1962, die Welt stand still, und der Westen wartete angstvoll auf eine Lösung des Problems. In dieser Situation reiste meine schwangere Mutter mit dem Schiff nach England, um in seiner Nähe zu sein. In vier Monaten, im Februar des nächsten Jahres, sollte ich zur Welt kommen. Dann wollten die beiden die Frau meines Vaters informieren und mit mir in London bleiben.

Es muss ein ziemliches Versteckspiel der beiden gewesen sein. Damals durften unverheiratete Paare nicht gemeinsam in einer Wohnung leben. Also mietete mein Vater ein kleines Zimmer für meine Mutter in einem Londoner Außenbezirk an. Sie fuhr täglich mit der Bahn zu ihm ins Zentrum und schlüpfte unbemerkt durch seine Tür.

Die Arbeit im Büro wurde nicht leichter für ihn. Zwei Fernschreiberinnen und zwei engen Mitarbeitern wurde gekündigt, ohne dass er Einfluss auf die Entscheidung nehmen konnte, aber die Stunden mit meiner Mutter in der kleinen Wohnung mit Stilton und Portwein und endlosen Gesprächen versöhnten ihn mit den schwierigen Arbeitsbedingungen.

Am 23. Dezember 1962, einen Abend vor Weihnachten, wartete meine Mutter vergeblich auf meinen Vater. Eigentlich hatte er zu ihr in sein Apartment kommen wollen. Die ganze Nacht über saß sie wach. Gegen Morgen klopfte es an der Tür. Da meine Mutter als Geliebte in London war, blieb sie vorsichtig und traute sich zunächst nicht, sie zu öffnen.

Konnte es sein, dass die Frau meines Vaters Wind von seiner Affäre bekommen hatte und ihm nachgereist war? Als das Klopfen nicht aufhören wollte, schaute sie durch den Türspion. Draußen wartete ein Polizist.

Mein Vater war auf dem Heimweg von einem Auto erfasst worden. Er war offenbar in Gedanken auf die Straße getreten und hatte für einen Moment vergessen, dass in England Linksverkehr herrscht. Er lief frontal in ein herankommendes Auto. Er wurde sofort auf die Intensivstation gebracht.

Als meine Mutter ihn am nächsten Morgen sah, glaubte sie nicht daran, dass er jemals wieder gesund werden würde. Seine Beine, die Rippen und ein Arm waren gebrochen, die rechte Schulter zertrümmert. Aufgrund des gebrochenen Oberkiefers war er nur schlecht zu verstehen, als er aus der Narkose aufwachte. Doch er legte meiner Mutter nahe, sofort aus London abzureisen und nicht allein in der fremden Stadt auf seine Genesung zu warten. Sie könne Unterschlupf bei seinem besten Freund in Murnau in Oberbayern finden.

Meine Mutter war völlig aufgelöst. »Aber da kenne ich doch niemanden?«

Sie hatte ihre Arbeit als Krankenschwester gekündigt und war praktisch mittellos. Das wusste mein Vater und sagte:

»Der Albert wird sich um dich kümmern, Goldchen, das ist ein alter Freund von mir. Wir sind uns gut, glaub mir. Im Schreibtisch in der Schublade findest du Geld für die Reise und die ersten Wochen. Danach schicke ich dir neues.« Bei jedem Wort krümmte sich mein Vater zusammen. Der Draht des geklammerten Kiefers bohrte sich in sein Fleisch.

»Und du?« Meine Mutter weinte und krallte ihre Hände in die Bettdecke. Seit der ersten Begegnung hatte sie darauf gehofft, irgendwann mit meinem Vater zusammen zu sein.

»Ich selbst komme so rasch wie möglich nach. Glaub mir, Goldchen. Das ist der einzige Weg. Anne wird hierherkommen, sobald sie von dem Unfall hört. Ihr dürft euch nicht begegnen, das hatten wir doch besprochen.«

Hochschwanger nahm meine Mutter das Schiff zurück nach Deutschland, dann den Zug nach München und die Regionalbahn nach Murnau. Am Bahnhof stand der Freund meines Vaters, Albert Lippert, den mein Vater noch aus Theatertagen kannte, und fuhr mit meiner Mutter zu dem großen Haus, das er in Schlehdorf mit seiner schwer kranken Frau bewohnte. Sie litt an einer unheilbaren Nervenentzündung im Gesicht. Aufgrund ihrer starken Schmerzen war sie auf eine hohe Morphiumdosis angewiesen. Meine Mutter fürchtete sich vor ihr, da ihre Anfälle nicht vorhersehbar waren. In manchen Nächten döste sie im Kaminzimmer vor sich hin, um dann ohne Vorwarnung nach der Schrotflinte zu greifen. Leise schlich sie zur Terrassentür und fing an, auf Rehe zu schießen, die im Vorgarten ästen. »Die Mistviecher fressen mir nur Löcher in meine Hecke«, sagte sie immer. Nach jeder Salve stand meine schwangere Mutter senkrecht im Bett.

Die Hoffnung auf schnelle Genesung meines Vaters erwies sich bald als illusorisch. Er musste noch zwei Monate in der Londoner Klinik bleiben. Erst dann kehrte er zu seiner Familie nach Köln zurück. Weil meine Mutter dort alle Zelte abgebrochen hatte, bevor sie nach England gegangen war, brachte sie mich in Schlehdorf in Bayern allein zur Welt und zog nach meiner Geburt mit mir nach Vaihingen, wo sie eine Stelle als Krankenschwester gefunden hatte.

Am 26. Februar 1963, drei Tage nach meiner Geburt, schrieb mein Vater einen Brief an meine Mutter: »Ich habe inzwischen Jahre vorausgedacht. Jahre eines kleinen Mädchens, rasende Ewigkeiten, aber alle gefüllt mit ganz langsamen Sekunden, mit Sonnenuntergängen und Bauchweh und Krähen und Gelächter und Greifen nach Blankem und mit Kreiselspiel und Schwimmen lernen und mit der Frage, ob man ein Schleifchen ins Haar kriegt und welches die netteste Lehrerin ist und ob Mädchen auf Bäume klettern dürfen. Und ich habe natürlich an uns dabei gedacht, wie an große warme schützende Schattengestalten, und es tat mir irrsinnig leid, dass ich schon soll 70 sein, wenn das Kind erst 14 ist, nur ich möchte doch so gern wissen, wen sie lieben wird und da sein zum Helfen und zum Trösten. Viel lernen kann man ja eigentlich nicht von mir, und das Einzige, was man von mir lernen könnte, lernt jeder von allein: lieben. Und ob ich das Lieben richtig mache, ist ja auch sehr die Frage, nachdem ich die letzten Wochen wie ein Wrack zwischen lauter Klippen hin- und hergetrieben worden bin: oft sehr zerschlagen, und oft ganz unbeweglich auf Grund sitzend, weil ich ja hier nicht wegkomme.«

Für meine Mutter begann die große Zeit des Wartens. Sie drängte nicht. Sie forderte nichts. Sie verlangte keine finanzielle Unterstützung. Sie war stolz. Aber sie wartete. Bis zu dem Tag, an dem der Platz neben ihm frei werden würde. Als ich acht Jahre alt war, ging ihr Wunsch in Erfüllung.

II

Von ihrem Ersparten kaufte meine Mutter eine Kücheneinrichtung und einen Schlafzimmerschrank. Unsere Souterrainwohnung in Vaihingen war möbliert gewesen, einzig die Wohnzimmergarnitur hatte meine Mutter selbst ausgesucht. Die nahm sie mit. Die Wohnzimmergarnitur meines Vaters aus grünem Cordsamt landete in meinem Kinderzimmer, in dem man sich danach kaum noch bewegen konnte. Aber ich liebte die Enge. Endlich hatte ich ein richtiges Zimmer und Möbel, die mir ganz allein gehörten.

An unserem ersten gemeinsamen Nachmittag aßen wir zu dritt selbst gebackenen Kuchen im Wohnzimmer. Ich saß kerzengerade neben meinem Vater auf dem Sofa und versuchte, eine wohlerzogene Tochter zu sein. Ich wollte ihm gefallen. Ich wollte ihm zeigen, dass seine Entscheidung, uns zu sich zu holen, richtig gewesen war, und dass ich ihm Freude bereiten würde. Gleichzeitig versuchte ich, das immer wieder aufflackernde Gefühl einer eigenartigen Fremdheit beiseitezuschieben.

Meine Mutter hatte sich vor unserem Umzug ein neues Kleid gekauft, obwohl sie es sich nach ihren Möbelkäufen nicht mehr leisten konnte. Aber schließlich musste sie als Frau eines angesehenen Journalisten ein bisschen was hermachen. »Wir«, sagte sie immer wieder, »werden bestimmt jede Menge gebildeten Besuch bekommen.« Wenn sie über ihr zukünftiges Leben in der Brunnenstraße sprach, leuchteten ihre Augen, und ihre Wangen röteten sich. Das gefiel mir.

Ich betrachtete meine Eltern. Wir waren drauf und dran, eine kleine glückliche Familie zu werden. Dann strich mir mein Vater übers Haar und sagte: »Du bist ja schon ein richtig großes Mädchen.«

Mich freute seine Bemerkung, aber seine Hand auf meinem Kopf fühlte sich fremd an. Ich spürte nichts. Ich war Berührungen von Männern nicht gewöhnt. Ich war von Frauen erzogen worden. Irgendwann fragte ich, ob ich aufstehen dürfe, und schlüpfte durch die Riffeltür in mein Kinderzimmer.

Einen kleinen Schlitz ließ ich offen. Ich setzte mich auf meine Fensterbank und sah nach draußen in den sommerlichen Garten. Vom Wohnzimmer drangen die Stimmen meiner Eltern zu mir herüber, lebhaft und heiter.

12

In den folgenden Wochen streckte ich meine Fühler aus und begann vorsichtig, mich meinem Vater anzunähern. Was verbarg sich hinter der Fassade dieses alten Mannes? Er war viel älter als die Väter meiner Freundinnen und ganz anders. Meine Schüchternheit Erwachsenen gegenüber machte meinen Wunsch, ihn besser kennenzulernen, nicht einfacher. Ich hatte gelernt, nur dann zu sprechen, wenn ich dazu aufgefordert wurde. Wenn mein Vater zu mir sprach oder mir Fragen stellte, erstarrte ich, weil ich fürchtete, nicht die richtige Reaktion zu zeigen oder falsche Antworten zu geben. So oft hatte meine Mutter mir gesagt, dass ich den tollsten und klügsten und belesensten Vater der Welt hatte. In ihrer Stimme lag immer Bewunderung, wenn sie aus dem Leben meines Vaters erzählte, der früh mit dem Lesen angefangen hatte und auch Klavier spielte, zumindest so lange, bis er sich beim Handball den Daumen zertrümmert hatte. Und schon als Kind sei ihm klar gewesen, dass im Schreiben seine Berufung lag.

Dabei hatte in seiner Familie wenig darauf hingedeutet, dass mein Vater einmal diesen Weg einschlagen würde. Er war 1906 in Danzig als Sohn einer wohlhabenden Familie geboren worden, sein Vater war Geschäftsmann, und seine Mutter bekam vier Söhne, von denen der älteste nicht aus dem Krieg zurückkehrte.

Die Sawatzkis besaßen ein florierendes Restaurant am Marktplatz. In den weiten Kellergewölben, die sich bis unter den Marktplatz erstreckten, befand sich auch eine große, familieneigene Schnapsbrennerei. Zu Ferienzeiten fuhr man mit der Eisenbahn von Danzig aufs Land, und am Bahnhof wartete die Kutsche. Dann ging es weiter zum Gutshof mit den Stallungen und dem See, der die Kinder im Sommer zum Baden einlud. Im Winter arbeiteten sich die Pferde vor einem großen Schlitten schnaubend durch hüfthohen Schnee.

Mein Vater konnte seinen Leidenschaften nachgehen, er liebte Schmetterlinge und legte sich sogar eine eigene Zucht an. Sein Vater hatte ihm schon früh ein Fernglas geschenkt, und so saß der junge Günther Sawatzki nächtelang heimlich auf dem Balkon des elterlichen Hauses, um den Himmel zu erforschen. Bald konnte er jeden Stern am Nachthimmel benennen.

Im Zweiten Weltkrieg verloren die Sawatzkis alles, was sie sich aufgebaut hatten. Nur mit den Mänteln bekleidet, die sie sich über ihre Schlafgewänder geworfen hatten, gelang meinen Großeltern die Flucht nach Hamburg. Dort arbeitete mein Vater seit einiger Zeit als Journalist und nahm sie bei sich in seiner kleinen Wohnung auf. Mein Großvater starb kurze Zeit später. Den Kummer darüber, alles verloren zu haben und nun als mittelloser alter Mann von seinem Sohn abhängig zu sein, konnte er nicht überwinden. Meine Großmutter erkrankte schwer an Demenz.

Mein Vater gab sie in ein Heim. Dort verbrachte sie die letzten Jahre bis zu ihrem Tod in den Fünfzigerjahren.

13

Ich hätte meinen Vater gegen keinen anderen der Väter, die ich kannte, eintauschen mögen. Ich war stolz auf ihn. Ich mochte seine Stimme. Und ich mochte, wenn er meiner Mutter gegenüber eine neckische Bemerkung machte, über die beide lachen mussten. Wenn ich sie im Wohnzimmer überraschte, wo beide eng aneinandergeschmiegt auf dem Sofa saßen und mein Vater meiner Mutter aus einem Buch vorlas, das ihn gerade beschäftigte, war ich glücklich. Dann verstand ich, warum meine Mutter mit mir in die Brunnenstraße gezogen war.

In jener ersten gemeinsamen Zeit habe ich meinen Vater nie ohne ein Buch in der Hand gesehen.

Die deckenhohen Regale seines Arbeitszimmers bogen sich unter der Last seiner Bücher. Ich erinnere mich an den geheimnisvollen Duft, der einem beim Öffnen der Tür entgegenströmte. Dieses Arbeitszimmer mit all den Büchern und ihren Geschichten war ein verwunschenes Paradies für mich. Es war dunkel in diesem Raum. Das große Fenster ging zum Garten hinaus, trotzdem wurde es nie recht hell, weil der Kletterrosenstrauch sich bis in den ersten Stock emporrankte und weit über den Fensterrahmen ragte.

Im Winter, wenn der Garten im Schnee versank, war es still hier oben. Fast fühlte es sich an, als gehöre dieses Zimmer nicht zum Rest des Hauses. Als gäbe es nur diesen einen Raum und sonst nichts. Im Sommer drang der Gesang der Vögel durch das geöffnete Fenster, im Herbst machte mir das

Prasseln des Regens auf den Blättern, das Pfeifen des Windes den Raum behaglich.

Das Zimmer meines Vaters war in gewisser Weise so schweigsam wie mein Vater selbst. In den Büchern schlummerten Tausende Geschichten. Solange man die Bücher nicht aufschlug, blieb nur eine Ahnung.

Mein Vater aber ließ sich nicht aufschlagen wie seine Bücher.

14

Mein Vater war hochgewachsen und hielt sich immer sehr gerade. Sein Schritt war energisch. Er hatte schöne Hände. Und ich war insgeheim ein bisschen stolz darauf, dass das Blau seiner Augen hinter den dicken Brillengläsern dem Blau meiner Augen glich. Auch hatte er die gleiche Fehlstellung der Zähne wie ich. Was mich aber am meisten beeindruckte, war, dass wir beide ein Mister-Spock-Ohr hatten. Das Mister-Spock-Ohr zeichnet sich dadurch aus, dass es oben nicht abgerundet ist, sondern spitzkohlartig zuläuft. Mein Vater und ich waren die einzigen Lebewesen, neben Mister Spock selbst vom Raumschiff Enterprise, die über ein solches Ohr verfügten.

Wenn ich mein Gesicht im Spiegel betrachtete, hatte ich den Eindruck, die Miniaturversion des Gesichts meines Vaters zu sehen. Denn wir besaßen auch die gleiche Nase und das gleiche energische Kinn. Und beide hatten wir Sommersprossen und helles Haar. Alles, was von ihm kam, jede Ähnlichkeit im Aussehen und auch im Verhalten, faszinierte und beschäftigte mich, er wandelte fast wie eine Art Ikone durch mein Leben als Tochter.

Doch die von mir ersehnte Nähe zu ihm wollte sich nicht einstellen. Und vorerst war er damit beschäftigt, die versäumten Jahre mit meiner Mutter nachzuholen. Er ergriff immer mehr Besitz von ihr, und eifersüchtig kämpften wir um jede kleine Gelegenheit, um mit ihr allein zu sein. Alltägliche Berührungen zwischen den beiden versuchte ich zu übersehen, obwohl es mir schwerfiel, aber ich verstand auch, dass sie sich näherkommen mussten, bevor aus uns so etwas wie eine richtige Familie werden konnte. Wenn ich das Gefühl hatte, im Weg zu sein, lief ich nach draußen, stromerte durch den Garten und erkundete den nahen Wald. Wenn ich von meinen Ausflügen zurückkehrte, saßen sie manchmal auf der Terrasse und unterhielten sich. Das war ein schönes Bild, wie sie sich inmitten der Blumen in der Sonne an den Händen hielten, dann konnte ich meine Eifersucht vergessen.

15

Ich hatte nicht damit gerechnet, ein anderer Mensch werden zu müssen, um meinem Vater zu gefallen. Er aber wollte mich zu einem besseren Kind erziehen. Es begann damit, dass er nicht mit »Papa«, sondern mit »Vater« angesprochen werden wollte. Wie sollte aus ihm jemals ein Papa werden, wenn mir der »Vater« nicht über die Lippen kam? Ich beschloss, diese Anweisung zu ignorieren und ihn weiterhin »Papa« zu nennen, was hin und wieder zu heftigen Auseinandersetzungen, auch zwischen meinen Eltern, führte.

Ich lebte meine gewohnten Freiheiten und war nicht darauf vorbereitet, mich verändern zu müssen. Ich kam und ging, wann ich wollte, aß lieber ein Butterbrot im Stehen, als mich an einen Tisch zu setzen, und probierte verbotene Dinge aus, ohne mir über die Konsequenzen den Kopf zu zerbrechen. In Vaihingen hatte Tante Suse zwar ein strenges Regiment geführt, aber immer hatte sie mich trotzdem nicht im Blick gehabt. Ich klaute wie eine kleine Elster, zündelte in den Weitfeldern, versteckte Regenwürmer, Weinbergschnecken und Mäuse in meiner Schublade, versuchte, die Schafe, die hinter unserem Garten weideten, einzureiten, und erkundete den Inhalt sämtlicher Schränke im Haus meiner Pflegeeltern. Jeden Tag gab es etwas anderes zu entdecken. Wenn ich erwischt wurde, bezog ich Prügel, aber das konnte mich nicht von den nächsten Plänen abbringen.

Meine Mutter hatte ihre Erziehungsversuche notgedrungen irgendwann ein bisschen zurückgenommen, sie konnte mich sowieso nicht kontrollieren. Sie leitete mittlerweile eine Station im Vaihinger Krankenhaus, verließ früh am Morgen unsere Wohnung und kehrte abends nicht vor acht zurück. Mittags kam sie kurz vorbei, um sich ein bisschen auszuruhen und eine Stunde mit mir zu verbringen. Dann legte sie sich auf ihr Klappsofa und hörte mir beim Flöten- und später beim Geigenspielen zu.

Bei meinem Vater stieß ich schnell an Grenzen. Kinder hatten zu gehorchen, er duldete keine Diskussionen. Widerworte waren tabu, Kinder hatten den Mund nur dann aufzumachen, wenn sie dazu aufgefordert wurden. Das hatte mir Tante Suse zwar schon eingetrichtert, aber jetzt war die Situation eine andere: Wie um alles in der Welt sollte ich die Aufmerksamkeit meiner Mutter bekommen, wenn ich bei Tisch kaum reden durfte? Also ignorierte ich diese Vorgabe und versuchte, die Aufmerksamkeit meiner Mutter beim täglichen Mittagessen mit endlosen Geschichten zu gewinnen. Das missfiel meinem Vater. Vor allem aber missfiel ihm mein schwäbischer Dialekt. Das war nicht neu für mich. In der neuen Schule wurde ich auch deswegen gehänselt. Bisher hatte sich nie jemand daran gestört, dass ich kein Hochdeutsch sprach. Alle meine früheren Freundinnen in Vaihingen hatten geschwäbelt. Und auch Tante Suse hatte Dialekt gesprochen, allerdings sächsisch, was ich sehr an ihr liebte und was sie für mich besonders machte.

Der erste graue Schleier schob sich zwischen meinen Vater und mich, als er mir eines Tages mitten in einer für mich sehr wichtigen Erzählung seinen Esslöffel auf den Kopf schlug.

»Wie oft muss man dir eigentlich noch sagen, dass es nicht heißt: die wo das gesagt haben? Wie? Kannst du dir das jetzt endlich mal hinter die Ohren schreiben? Das ist eine Zumutung! Also, wie heißt es?«

Während ich mit den Tränen kämpfte, versuchte meine Mutter zu beschwichtigen.

»Günther, jetzt lass sie doch. Sie ist doch noch ein Kind.«

»Das ist doch keine Entschuldigung! Je früher sie das lernt, desto besser wird sie später damit zurechtkommen. Zu meiner Zeit wurde auf die deutsche Sprache geachtet, und das wird sich nicht ändern, solange ich hier das Sagen habe.«

Er wandte sich zu mir.

»Wie heißt es also richtig?«

Ich konnte nicht sprechen. Ich heulte, und die Stelle auf meinem Kopf, wo er mich mit dem Löffel getroffen hatte, brannte wie Feuer.

»Antworte!«

»Jetzt lass sie doch!«, rief meine Mutter.

»Das ist nicht auszuhalten, wie das Kind redet.«

»Günther, bitte ...« Meiner Mutter fehlten die Worte. Ich bin mir sicher, dass sie in dem Moment genauso erschrocken über den unerwarteten Wutausbruch meines Vaters war wie ich. Irgendwann muss ich in der Lage gewesen sein, den Satz in richtigem Deutsch zu wiederholen. Jedenfalls wurde das Essen ohne weitere Zwischenfälle beendet.

Mein Vater wiederholte die Löffelstrafe beharrlich. Er hatte sich in den Kopf gesetzt, aus mir eine kleine Musterschülerin zu machen, und zog sein Erziehungsprogramm durch, bis meine Mutter mich bat, besser auf meine Sprache zu achten.

»Mach's halt bitte, Mäusel. Gib dir ein bisschen Mühe, das ist doch nicht so schwer. Sonst gibt es immer Streiterei deswegen. Mach's für mich ...«

Mein Vater liebte die deutsche Sprache. Sich nicht ausdrücken zu können war ihm eine körperliche Qual.

Schon seit Längerem hatte ich mitbekommen, dass eine Last auf uns lag. Eine Last, die ich nicht einzuschätzen wusste, weil ich nicht begriff, worin sie bestand. Immer öfter zogen sich meine Eltern in das Arbeitszimmer meines Vaters zurück, um zu »reden«. Ich wurde aufgefordert, meine Hausaufgaben zu machen und nicht weiter zu stören.

Eines Tages nahm ich all meinen Mut zusammen und fragte meinen Vater nach dem kleinen Pony, das er mir als Willkommensgeschenk versprochen hatte. Er sah mich an, als hätte ich den Verstand verloren.

»Was möchtest du?«

»Das Pony, das du mir versprochen hast.«

»Aber Kind Gottes, was denn noch alles?«

Eine Antwort, die ich nicht verstand. Bisher hatte mir mein Vater noch nichts geschenkt.

»Du hast es mir aber versprochen.«

Mein Vater schüttelte den Kopf und wiederholte:

»Kind Gottes, was denn nun noch alles.«

Was ich damals nicht wusste: Meine Eltern waren zu jenem Zeitpunkt bereits völlig mittellos. Schon nach wenigen Monaten verwandelte sich unser Traumbild von der glücklichen kleinen Familie in einen Scherbenhaufen. Mein Vater hatte, ohne dass meine Mutter davon wusste, schon seit längerer Zeit keine Arbeiten mehr fertiggestellt.

Was meine Mutter ihm bald fast täglich als heimtückisches Manöver vorwerfen sollte, dass er sie sozusagen als Altersvorsorge in seine Wohnung gelockt habe, entpuppte sich nach und nach als tiefe Hilflosigkeit. Ohne dass er sich dessen tatsächlich bewusst gewesen wäre, hatte die Krankheit ihn zu jener Zeit schon fest im Griff.

16

Nach seinem schweren Unfall in London hatte der Verlag meinen Vater kurzerhand entlassen, und er versuchte, als Dramaturg und Drehbuchautor bei den Fernsehanstalten Fuß zu fassen. 1970, wenige Wochen vor unserem Umzug zu ihm, kam es zu einem folgenschweren Krach mit einem großen Sender. Man zahlte ihm sein Geld nicht aus. Erzürnt schrieb er davon in einem Brief an meine Mutter: »Es ist wirklich so, dass diese großen Anstalten sich Unsitten erlauben dürfen, die jeden normalen Bürger unmöglich machen würden. Ich habe meinerseits auch meine Batterien in Stellung gebracht und scharf geladen. Aber als einzelner Mann ohne juristische Beratung kann man ja eine ›ANSTALT DES ÖFFENTLICHEN RECHTS‹ nicht zur Raison oder auch nur zum Eingeständnis bringen, dass ihre Leute im Unrecht sind. Deswegen geht es in solch einem Laden zu wie auf einem Kriegsschiff: Alles muss blitzblank geputzt erscheinen, und das richtige Grüßen der Vorgesetzten ist die wichtigste aller kämpferischen Tugenden.«

Er blieb kämpferisch, aber die Aufträge blieben aus, und er verbrachte seine Zeit mit dem Schreiben von Bewerbungen. Er fügte ihnen seinen Lebenslauf bei, den er jeden Tag mehrmals neu schrieb, immer in der Sorge, etwas Wichtiges übersehen zu haben.

Jegliche Störung brachte ihn aus dem Konzept und machte ihn zornig.

Dann wurde es Herbst, und ich kam eines Abends zwar

zu angesetzter Stunde, aber erst nach Anbruch der Dunkelheit nach Hause. Mein Vater stand in der Eingangstür und schlug mir ohne Vorwarnung ins Gesicht.

»So spät kommst du mir nicht noch mal nach Hause.«

Dann wandte er sich ab und ließ mich stehen. Diese erste Ohrfeige von ihm ließ etwas in mir zerspringen.

Meine Mutter war zu jener Zeit keine große Stütze. Als ich eines Mittags von der Schule nach Hause kam, öffnete sie mir die Tür. Ihr Gesicht war tränenfeucht, die Augen gerötet. Ich hatte sie noch nie weinen sehen und war so irritiert darüber, dass ich nicht zu fragen wagte, was passiert war. Stattdessen lief ich in mein Kinderzimmer und zog die Tür hinter mir zu. In der Küche diskutierten meine Eltern. Meine Mutter schrie, mein Vater versuchte behutsam, sie zu beruhigen. Immer wieder hörte ich ihn sagen: »Ach Goldchen, so schlimm ist es doch gar nicht.« Die Stimme meiner Mutter schwoll an, und irgendwas zerschellte auf den Küchenfliesen. Jetzt fing mein Vater an zu brüllen. Ich sank in mich zusammen und hielt mir die Ohren zu. Ich wollte heim in mein altes Leben.

Später erfuhr ich, dass meine Mutter an jenem Vormittag zur Sparkasse gelaufen war, um Einblick in das Konto meines Vaters zu erhalten. Nach einem kurzen Gespräch winkte die Dame hinter dem Tresen sie freundlich in ein Büro, wo man sie darüber aufklärte, dass ihr Mann Schulden in fünfstelliger Höhe angehäuft hatte.

Meine Mutter hatte bis zu jenem Tag nie viel verdient, aber sie hatte immer dafür gesorgt, dass wir ein Leben führen konnten, das frei von existenziellen Nöten war. Sie sparte, wo sie konnte. Vor allem sparte sie für mich, damit ich mich den anderen Kindern gegenüber nicht benachteiligt fühlen musste. Bei mir gab es die größten Geburtstagsfeiern und die besten Weihnachtsplätzchen, ich hatte immer das originellste

Faschingskostüm. Das war enorm wichtig, genauso wie das schönste Kleid zum Maientag. Mir gab es ein Gefühl der Anerkennung und Geborgenheit. Und in den Sommerferien fuhren wir jedes Jahr in unserem VW Käfer nach Italien oder Dänemark. Meine Mutter hatte ihr Leben fest im Griff gehabt. Jetzt zerrann es ihr zwischen den Fingern.

Ich hatte mir schon als kleines Mädchen angewöhnt, mich in meine Mutter hineinzuversetzen. Ich schlüpfte regelrecht in sie hinein. Wenn sie glücklich war, war ich es auch. Wenn es ihr schlecht ging, litt ich mit ihr, als würde ihre Sorge mich selbst betreffen. Ich fühlte mich für ihr Glück und für ihr Pech verantwortlich. Ich beschützte sie und war gleichzeitig vollkommen abhängig von ihr.

Als ich mich wieder aus meinem Zimmer traute, fand ich meine Mutter im Schlafzimmer. Sie saß eingesunken auf ihrem Bett und starrte auf den weißen Flokati.

Ich berührte sie am Arm. Sie machte mir Angst, und ich wollte sie trösten. Ich wollte, dass sie stark war wie früher.

Meine Mutter hob den Kopf und sah mich lange an. Dann sagte sie: »Ich werde wieder arbeiten gehen müssen, sonst schaffen wir das hier nicht.«

Ich verstand nicht genau, was passiert war, was sie mit »das hier« meinte. Aber ich verstand, dass mein Vater schuld an dieser Katastrophe war.

Wenig später fand meine Mutter eine Stelle als Nachtschwester im zwanzig Kilometer entfernten Kreiskrankenhaus. Früher hatte sie eine eigene Station geleitet, aber mit mittlerweile vierzig war sie nicht mehr jung genug für einen Neubeginn in einer fremden Klinik.

Eine Woche später fuhr sie in unserem roten VW Käfer um sieben Uhr abends das erste Mal zu ihrer neuen Arbeitsstelle. Da war ich acht Jahre alt. Am nächsten Morgen machte sie mir mit rot geränderten Augen meinen Kakao.

Von da an hatte sie im Zweiwochenrhythmus Nachtschicht. Zwei Wochen Schicht, zehn bis vierzehn Tage frei. Wenn meine Mutter Dienst hatte, machte ich um fünf einen starken schwarzen Tee und ein paar Brote und weckte sie eine halbe Stunde später. Dann aßen wir mit meinem Vater zusammen zu Abend, und um sieben öffnete ich das Garagentor für sie.

Wenn sie morgens um halb sieben zurückkam, wartete ich schon auf sie. Es gab keinen Tag, an dem ich meiner Mutter nicht den Tee gemacht und das Tor geöffnet hätte.

17

Von ihrem ersten Gehalt lud uns meine Mutter in ein Freizeitbad ein. Es hieß »Trimini« und lag am Kochelsee, zwei Stunden von unserer Wohnung entfernt. Für mich glich dieser Besuch einem Ausflug ins Paradies. Der Eintritt ins »Trimini« kostete in meiner Vorstellung ein Vermögen, und ich habe in der Nacht vor diesem Abenteuer kein Auge zugetan.

Mein Vater fuhr uns in Mamas Käfer. Den cremefarbenen Ford hatte er verkaufen müssen. Er parkte den Käfer vor dem Bad. Das Wellenbad im »Trimini« war besonders beeindruckend. Ich tauchte stundenlang in den Wellen umher und stellte mir vor, ich sei in den Ferien am Meer.

Abends warteten meine Mutter und ich am Ausgang auf meinen Vater. Er war in den Tiefen der Herrenumkleide verschwunden und tauchte einfach nicht mehr auf. Meine Mutter schäumte. Als er dann endlich kam, fehlte der Beutel mit seiner Badehose und dem Handtuch. Also schickte ihn meine Mutter zurück. Wieder warteten wir eine halbe Ewigkeit. Irgendwann erschien er am Ausgang, hatte aber vergessen, wonach er suchen sollte.

Wir fuhren ohne den Beutel und die Badehose los.

Mein Vater saß am Steuer, und meine Mutter sagte: »Das ist jetzt das letzte Mal gewesen, dass wir zusammen schwimmen gefahren sind! Du hast keine Badehose mehr, und eine neue können wir uns nicht leisten.«

Auf der Autobahn nahm er eine falsche Abfahrt. Nach diesem wundervollen Tag im »Trimini« saß ich auf der Rückbank und musste meinen Eltern beim Streiten zuhören. Endlos fuhren wir in die falsche Richtung und kamen erst weit nach Einbruch der Dunkelheit in der Brunnenstraße an.

18

Ein Instrument zu lernen war in den Siebzigerjahren beinah so etwas wie ein Pflichtprogramm. Fehlte die Begabung fürs Musizieren, wurde das Kind in einen Chor geschickt. Ich machte beides, ich spielte mit drei Jahren Blockflöte und besuchte den Kinderchor. Ich liebte die Musik. Nach dem Anfängermodell Blockflöte bekam ich eine Piccoloflöte, die etwas schwerer zu spielen ist und auf der sich zarte hohe Töne erzeugen lassen. Es folgte eine Mandoline. Danach wünschte ich mir ein Klavier, das meine Mutter sich aber nicht leisten konnte und das auch nicht in unsere kleine Einliegerwohnung in Vaihingen gepasst hätte. So entschied ich mich für eine Geige. Meine Mutter sparte lange auf ein gutes Instrument, aber das Geigenspiel ist eine Kunst, und solange man sie nicht beherrscht, sind die Töne nur schwer zu ertragen. Anfangs übte ich fleißig, vor allem um meiner Mutter eine Freude zu machen. Schließlich beschloss ich, dass die Geige für mich kein geeignetes Instrument sein konnte, und versuchte meine Mutter davon zu überzeugen, dass ich durch das Quietschen und Knarzen der Saiten möglicherweise einen bleibenden Hörschaden davontragen könnte. Aber sie bestand darauf, dass der Geigenunterricht auch nach unserem Umzug in die Brunnenstraße und trotz unserer finanziellen Not fortgesetzt würde. Sie ermahnte mich täglich, das Üben nicht zu vergessen, denn sie wünschte sich nichts sehnlicher, als mich auf der Bühne der Münchner Symphoniker zu sehen. Ich hasste das Geigenspiel. Ich hasste meinen Geigenlehrer.

Eines Tages kam es deswegen zu einem bösen Streit. Wir standen in der Küche, meine Mutter schimpfte. Ich wollte davonlaufen, und um mir vor meiner Mutter, die zeternd an meinen Fersen klebte, einen kleinen Vorsprung zu verschaffen, rannte ich in den Flur und knallte die Küchentür aus Riffelglas mit solcher Kraft hinter mir zu, dass das Glas in tausend Stücke zersprang. Meine Mutter stand barfuß und leichenblass in dem Scherbenmeer und suchte nach Worten. Was mich in dem Moment tatsächlich beruhigte, war jedoch nicht die Tatsache, dass sie nicht an mich rankam, sondern dass sich beim Zerbersten des Glases zwei Splitter tief in Zeige- und Mittelfinger meiner linken Hand gebohrt hatten. Das Blut troff auf unseren hellbraunen Teppichboden im Flur, und als sich die erste Schockstarre meiner Mutter gelöst hatte, schrie sie, ich solle gefälligst ins Bad mit meinen Fingern und nicht den ganzen Boden versauen. Ich lief ins Bad und inspizierte über dem Waschbecken meine Verletzungen. Der Zeigefinger war so gut wie durch, und aus dem Mittelfinger waren zwei geworden. Und obwohl mir bei dem Anblick etwas flau im Magen wurde, wusste ich, dass sich das Geigenspiel fürs Erste erledigt hatte, weil man mit der linken Hand die Töne auf den Saiten greift. Ein paar Wochen konnten sich meine Ohren erholen, aber als die Finger wieder zusammengewachsen waren, ging die Überei von vorn los.

19

Ich hatte all meine Puppen und Plüschtiere aus meinem ersten Zuhause mit in die Brunnenstraße gebracht und widmete ihnen große Aufmerksamkeit. Ich war eine strenge Puppenmutter. Der Grundstein für einen guten Charakter und ein ordentliches Leben wurde, das hatte ich inzwischen gelernt, in der Kindheit gelegt. Bekam ich Widerworte, setzte es Ohrfeigen. Die ungezogenste Puppe wurde mit dem Gesicht in die Sofaecke gesteckt und durfte erst abends und nach einer langen Standpauke wieder am Puppenalltag teilnehmen. Jeden Tag mussten meine Puppenkinder in die Schule gehen und auf meiner kleinen Schiefertafel Lesen und Schreiben und das kleine Einmaleins lernen. Meine schönste Puppe hieß Jacqueline. Sie war eine echte Schildkröt-Puppe, sozusagen der Ferrari unter den Puppen. Jacqueline hatte langes blondes Haar und blaue Kulleraugen. Sie war still und äußerst charmant. Nie kam ihr ein lautes Wort über die Lippen, und wenn sich die übrige Puppenschar danebenbenahm, verfolgte sie das Geschehen mit staunendem Blick. Jacqueline war meine rechte Hand. Auf sie war Verlass, und insgeheim wäre ich gern wie sie gewesen.

Daneben gab es Sabine. Sabine war groß und konnte ihre Gelenke nur mit Mühe und mit unangenehm knarzenden Geräuschen bewegen. Ihre Kulleraugen hatten sich irgendwie verklemmt, deswegen schielte sie, und ihr ehemals hüftlanges Haar war meiner Experimentierfreude und einer Nagelschere zum Opfer gefallen.

Gabi war eine Schlenkerpuppe und kippte deshalb im Unterricht ständig vom Stuhl, wofür ich ihr spätes Zubettgehen verantwortlich machte. Jeden Abend hatte ich Probleme, sie ins Bett zu kriegen.

Susi konnte, wenn man sie vorher mit Wasser abgefüllt hatte und ihren Arm nach unten zog, das Gesicht verziehen und echte Tränen weinen. Und sie brauchte eine Windel.

Obwohl ich eine strenge Puppenmutter war, vertraute ich meinen Kindern meine größten Geheimnisse, meine Sehnsüchte und Ängste an. Meine Puppen und die Stofftiere wussten alles, was ich vor meinen Eltern verschwieg.

20

In unserer Vaihinger Zeit hatte mir meine Mutter immer den Wecker gestellt, damit ich pünktlich im Kindergarten erschien. Meine Mutter musste früh um sechs zur Arbeit und konnte sich nicht darum kümmern, dass ich rechtzeitig fertig war. Vor unserer Haustür sammelte mich dann immer eine Mutter der Nachbarskinder auf und nahm mich im Auto mit. Manchmal jedoch trödelte und träumte ich so lange vor mich hin, bis die Mitfahrgelegenheit verpasst war. Dann musste ich laufen und kam zu spät. Abends spielte ich oft bis zum Anbruch der Dämmerung auf der Schotterstraße vor dem Haus und wartete dort, bis meine Mutter von ihrer Schicht kam. Selten schaffte sie es vor neun Uhr. Sie hatte sich zur Stationsleitung hochgearbeitet und nahm ihren Beruf sehr ernst.

Ich liebte das Alleinsein. Einsamkeit kannte ich nicht, es gab ungeheuer viel zu erleben. Manchmal lief ich nach der Schule zu meiner Mutter ins Krankenhaus und bekam von Patienten übrig gebliebenen Schokoladenpudding mit kleinen Sahnekrönchen. Außerdem gab es auf Station immer was für mich zu tun. Mal wickelte ich Verbände auf oder half, Geschirr wegzuräumen, oder ich beobachtete meine Mutter beim Spritzenaufziehen und -setzen, was mir immer sehr imponierte. Die Station wurde für mich zu einer Art zweite Heimat, wenn ich dort auftauchte, empfingen mich alle mit großer Herzlichkeit. Manchmal ließ ich heimlich eine Spritze mitsamt der Nadel mitgehen, füllte sie zu Hause mit Zuckerlösung und machte mich auf die Suche nach verletzten oder verendeten Tieren in den Weitfeldern hinterm Haus. Einmal spürte ich einen toten Maulwurf auf, ein anderes Mal eine Feldmaus, und setzte den Leichnamen unter gutem Zureden diverse Traubenzuckerinjektionen. Nachdem ich festgestellt hatte, dass mein ärztlicher Notdienst die Tiere nicht mehr zum Leben erwecken würde, begrub ich sie und schmückte die Gräber mit den schönsten Blumen, die ich aus Tante Suses heiligem Vorgarten geklaut hatte. Für mich stand fest, dass ich später einmal Tierärztin werden würde.

An anderen Tagen trödelte ich auf dem Heimweg durch die Straßen, schaute mir die Plakate an der Kinowand an oder guckte in der Zoohandlung im coop, ob es eventuell neuen Mäusenachwuchs gab. Manchmal lief ich auch zu meinen Schafen oben in den Feldern hinterm Haus, sie waren meine Schafe, weil sie mich immer erkannten und begrüßten. Sie waren den ganzen Sommer über auf ihrer Weide, und weil meine Mutter mit der Schäferfamilie befreundet war, konnte ich sie besuchen, so oft ich wollte. Neben dem Zaun legte ich sogar ein kleines Gemüsebeet an und erntete Radieschen und Möhren.

Die Schafe waren genau wie meine Puppen immer für mich da, wenn ich jemanden zum Reden brauchte. Meine Schafe wussten mehr von mir als irgendein anderes Wesen. Die Erwachsenen hatten keine Zeit, mir zuzuhören. Es war auch besser, ihnen aus dem Weg zu gehen, weil man sonst dazu verpflichtet wurde, bei irgendwas mitzuhelfen. Meine Schafe lauschten geduldig, während sie mich mit ihren schönen Augen betrachteten und ihre Kiefer das Brot zermalmten, das ich ihnen aus der Krankenhausküche mitgebracht hatte. Sie ließen sich bürsten und entzecken, und manchmal ließen die Mutterschafe es sogar zu, dass ich auf ihnen ritt. Wirklich fürs Reiten geeignet waren sie aber nicht, meistens versuchten sie, mich so schnell wie möglich wieder abzuschütteln.

Die Leute, die in unserer Straße wohnten, besaßen große Häuser, und fast jede Familie hatte einen Pool im Garten. Auch Tante Suse besaß einen, den meine Mutter und ich nutzen durften, der aber für meine Freundinnen tabu war. Tante Suses Anordnungen waren unter allen Umständen einzuhalten, sonst setzte es Ohrfeigen. Und wenn sie mir verbot, meine Freundinnen in ihren Pool zu lassen, hielt ich mich daran. Wenn ich bei ihr zu Mittag aß, konnte es vorkommen, dass ich bis in die Abendstunden vor meinem Teller sitzen musste, denn der Teller musste leer gegessen werden. Tante Suse hatte als kleines Mädchen die Bombardierung Dresdens miterleben müssen. Sie hatte Hunger gelitten, und es war für sie selbstverständlich, dass der Teller, ganz gleich, ob man das Essen mochte oder nicht, leer gegessen wurde. Wenn es bei ihr Grießbrei gab, konnte ich den restlichen Tag abschreiben.

Nie jedenfalls hätte ich zugegeben, dass der Pool gar nicht mir gehörte, genauso wenig, wie ich jemals verraten hätte, dass wir nur zur Miete in dem schönen Haus wohnten. Und so kam es, dass die Nachbarskinder mich irgendwann nicht mehr einluden und ohne mich spielten und in ihren Pools schwammen.

Ich ging meinen Freundinnen aus dem Weg. Meine Enttäuschung hätte ich ihnen nie gezeigt. Das verbat mir mein Stolz. Außerdem las mir meine Mutter manchmal *Pippi Langstrumpf* vor, und ich war felsenfest davon überzeugt, dass ich, würde ich nur fest genug daran glauben, eines Tages die gleichen Kräfte entwickeln würde wie Pippi. Immerhin hatte sie auch Sommersprossen und rote Haare. Ich musste mich nur gedulden und jeden Abend zum lieben Gott beten. Irgendwann würde er meine Bitten erhören und mich zu einer zweiten Pippi machen. Und dann würde ich es meinen ehemaligen Freundinnen gewaltig heimzahlen.

Manchmal bekam Familie Sonntag Besuch, was bei mir immer zu großer Aufregung führte. Bei meiner Mutter und mir unten im Souterrain gab es keinen Besuch. Immer brachten die Gäste Geschenke für uns Kinder mit, eine Tafel Schokolade, ein kleines Heftchen, ein paar Gummibärchen, ein Kartenspiel. Am meisten habe ich mich einmal über einen Apfel aus Schokolade gefreut. Er lag in einem kleinen Pappkarton in goldenes knisterndes Zellophanpapier gewickelt und war vorgeschnitten. So konnten wir kleine Schokoladenschnitze aus ihm herausbrechen wie bei einem echten Apfel. Das fand ich aus irgendeinem Grund wahnsinnig aufregend, und ich habe den Apfel so oft auseinandergenommen und wieder zusammengesetzt, bis die Schokolade schmolz.

Manchmal durfte ich auch mit Familie Sonntag zu Besuchen bei anderen Leuten mitkommen. Bettina und ich wurden dann hübsch angezogen und setzten uns auf die Rückbank des Mercedes. An solchen »Besuchstagen« gab es kein Mittagessen. Das hielt Tante Suse für Verschwendung. Sie war der Überzeugung, dass eine Mahlzeit am Mittag genügte, und weil wir später Kuchen bekamen, hatten wir darauf zu warten. Die Gastgeberinnen müssen sich sehr über unseren Appetit gewundert haben.

Obwohl ich solch großen Respekt vor ihr hatte, liebte ich Tante Suse. Ich erinnere mich an ihre Stimme und an ihren Duft. Wenn meine Mutter zu spät von der Arbeit nach Hause kam, konnte ich mich darauf verlassen, dass Tante Suse mich in mein Bett brachte, mich zudeckte und mir einen Gutenachtkuss gab. Wenn Familie Sonntag Besuch hatte, konnte ich das Stimmengewirr und das Lachen aus dem Wohnzimmer über mir hören.

Eines Tages hing in Tante Suses Speisekammer ein echter toter Hase, den der Jäger der Familie geschenkt hatte. Ich war damals etwa fünf Jahre alt, und ich erinnere mich an das eindringliche Verbot, das Tier anzufassen. Das fiel mir schwer, denn der Hase trug noch sein Fell und sah, obwohl er mit den Hinterfüßen am Haken hing, recht lebendig aus.

Irgendwann hing er dann nicht mehr da und war wohl gegessen worden. Ich schlich jedenfalls in jeder unbeobachteten Minute zu meinem neuen Haustier, herzte und küsste es, streichelte es, weil ich sicher war, dass der Hase das spüren und sich darüber freuen würde. Manchmal hatte ich sogar das Gefühl, sein Herz schlagen zu hören. In der Hoffnung, ihn wieder zum Leben zu erwecken, verpasste ich ihm ziemlich viele meiner Traubenzuckerinjektionen. Wie hätte ich mit einem echten Hasen vor meinen Freundinnen prahlen können! Aber der Hase hing still und stumm weiter an seinem Haken und rührte keine Pfote. Dann kam mir der Gedanke, dass er wahrscheinlich an Hunger und Durst litt. Also gab ich ihm Wasser und stopfte ihm Reste des Mittagessens ins Maul, was natürlich aufflog. Tante Suse entging nichts. So sehr ich mich auch um Geheimhaltung bemühte, sie war eine Art Seherin, was mich als Kind schon etwas beunruhigte. Natürlich entdeckte sie kurz darauf die Nudeln, die dem Leichnam aus dem Maul gefallen sein mussten, auf dem Speisezimmerboden und vertrimmte mich nach Strich und Faden. Hat aber nichts geholfen. Das nächste Verbot wartete unter Garantie schon darauf, gebrochen zu werden.

21

Nachdem ich die Freundinnen aus der Nachbarschaft nicht mehr treffen konnte, lernte ich Renate kennen. Sie lebte mit ihren Eltern und ihrer Großmutter in einem winzigen Haus am unteren Stadtrand in einem Viertel, das meine Mutter unter allen Umständen mied. Die Leute, die dort wohnten, waren ihrer Meinung nach unter unserem Niveau.

Immer wenn ich sie besuchte, hockte Renates Vater im Unterhemd vor dem Fernseher, rauchte und trank Bier und Schnaps. Ich fragte mich, ob es immer dasselbe Unterhemd war, in dem ich ihn sah. Ich gab ihm trotzdem artig die Hand und machte einen Knicks, »grüß Gott«.

Renates Vater gefiel mir nicht, sie tat mir leid, dass sie mit so einem Vater leben musste. Renates Mutter kam immer erst nachmittags nach Hause, war dann übellaunig und hatte nur Vorwürfe für Renate übrig. Mich schockierte der raue Ton, der in dieser Familie herrschte. Und trotzdem faszinierte sie mich. Ich fühlte mich fremd, andererseits wusste ich nicht, wohin ich sonst hätte gehören sollen. Ich versuchte mich anzupassen und wollte einfach bei Renate sein. Sie liebte Tiere, wie ich, und ihre Oma hielt in ihrem Zimmer Wellensittiche und einen Papagei.

Meine Mutter versuchte, mir den Umgang mit Renate zu verbieten, aber sie musste arbeiten und konnte mich nicht den ganzen Tag im Auge behalten.

Die Besuche bei Renate konnten die Verbote nicht verhindern, im Gegenteil, sie gaben dem Ganzen sogar den Reiz des

Verbotenen. Ich wollte herausfinden, was an Renate Geheimnisvolles dran war, das meiner Mutter so missfiel. Außerdem wuchs mein Ansehen bei den anderen Kindern unten in der Stadt schlagartig. Denn es stellte sich heraus, dass ich Nerven wie Drahtseile hatte und zum Beispiel ohne Umstände die verlockendsten Süßigkeiten im Supermarkt mitgehen lassen konnte, ohne in Panik zu verfallen. Ich klaute alles, was nicht niet- und nagelfest war. Ich klaute sogar lebende Mäuse und auch mal einen kleinen Hamster aus der Tierhandlung, weil ich so gern ein eigenes Tier haben wollte und nicht durfte. Also versteckte ich meine Neuzugänge in allen möglichen Winkeln und Schubladen meines Zimmers, aber meine Mutter fand sie jedes Mal, wenn sie nach der Arbeit nach mir schaute. Immer knabberten die Tiere an etwas herum oder begannen zu fiepsen, sobald meine Mutter den Raum betrat. Und jedes Mal musste ich meine kleinen Schützlinge zurückbringen. Jedes Mal schimpfte der Zoohandlungsbesitzer ein bisschen mehr.

Aber ich gab nicht auf. Wenn ich mir etwas in den Kopf gesetzt hatte, musste ich es erreichen. Ich war sechs Jahre alt und meiner Meinung nach in einem Alter, in dem man langsam darüber nachdenken musste, wie man sein eigenes Geld verdiente. Die fünfzig Pfennige, die ich wöchentlich von meiner Mutter fürs Abstauben der Wohnzimmermöbel bekam, reichten mir nicht mehr. Zwar konnte ich damit sonntagnachmittags einen Kinderfilm im Kino unten in der Stadt angucken, aber für die Süßigkeiten, die im Vorraum auslagen und mich magisch anzogen, war nichts mehr übrig.

Also klaute ich meiner Mutter täglich ein bisschen Geld aus ihrer Manteltasche. Ich ging dabei sehr behutsam vor. Keinen Tag nahm ich mehr als zwanzig Pfennige an mich. Bald hatte ich drei Mark zusammen, genug, um mir völlig legal ein Mäusepärchen in der Zoohandlung zu kaufen. Der Verkäufer betrachtete mich skeptisch, aber ich legte ihm kommentarlos das Geld auf den Tresen, ließ mir die Mäuse in ein Schächtelchen packen und hatte das Gefühl, einen großen Coup gelandet zu haben. Mein Plan war, eine Mäusezucht aufzuziehen und damit eigenes Geld zu verdienen.

Leise schlich ich mich in unsere Souterrainwohnung und packte das Mäusepärchen in meine mit Stroh gefüllte Schreibtischschublade. Wenn meine Mutter abends nach der Arbeit in mein Zimmer kam, stellte ich mich schlafend, damit sie möglichst schnell wieder ging und nicht durch das Rascheln in der Schublade auf die ungebetenen Gäste aufmerksam wurde. Wenn sie fort war, holte ich meine Schützlinge aus ihrem Versteck und brachte ihnen Kunststücke bei. In kürzester Zeit beherrschten sie Pirouetten und machten Männchen, außerdem hörten sie auf ein Schnalzgeräusch und kamen, wenn sie frei in meinem Zimmer umherlaufen durften, blitzartig aus den Ecken, um sich eine Belohnung abzuholen. Ich nannte sie Micki und Minni, die Namen hatte ich aus den *Lustigen Taschenbüchern* von Walt Disney. Bald nachdem Micki und Minni bei mir eingezogen waren, wurde Minni schwanger. Sie wurde dicker und dicker, und ich bekam Angst, dass sie eines Tages einfach platzen würde, wenn sie weiter so zunahm. Aber dann hörte ich eines Abends leise Piepsgeräusche aus meinem Schreibtisch, und kurz darauf entdeckte ich sieben winzig kleine nackte Mäusebabys neben Minni im Stroh. Sie fiepsten und strampelten, und Minni gebar noch eines. Micki saß in einer Ecke und beobachtete das Geschehen mit seinen schwarzen Kulleraugen. Ich ahnte nicht, was durch seinen Kopf spukte, denn dann hätte ich ihn sofort aus der Schublade genommen. Aber ich dachte, dass Minni noch viel mehr Mäusebabys bekäme, wenn ich Micki bei ihr lassen würde, ich war der festen Überzeugung, dass die Geburt mit der Zeugung eng verbunden war. Also schob ich die Schublade zu und legte mich wieder ins Bett.

Das Fiepsen nahm kein Ende. Manchmal schwoll es an, dann wieder verebbte es. Ich konnte nicht schlafen und lag mit offenen Augen in meinem Bett. Ich stellte mir vor, dass ich am nächsten Morgen die Schublade öffnen und mindestens hundert Mäusebabys vorfinden würde, die ich dann für eine Mark fünfzig pro Mäusejunges verkaufen könnte.

Als mein Wecker klingelte, war es still im Zimmer. Sicher waren die Babys müde und schliefen. Vorsichtig öffnete ich die Schublade. Totenstille. Ich guckte hinein und sah, dass Minni in der einen Ecke saß, Micki ihr gegenüber in der anderen. Irgendetwas hatte sich ereignet, sie wirkten so feindselig. Und wo waren ihre Babys? Ich teilte das Stroh mit den Fingern und suchte nach den Kleinen. Nach und nach fand ich sie. Micki, das Scheusal, hatte sie alle totgebissen. Sein Schnäuzchen war noch ganz blutig. Von manchen Babys war nur noch der Kopf übrig, anderen fehlte der halbe Rumpf oder das Hinterteil. Zum Glück waren alle tot, keines litt mehr, als ich sie fand.

Ich sammelte die Überreste der Mäusekinder ein und packte sie in eine Streichholzschachtel, die ich verzierte und im Vorgarten vergrub. Nie werde ich die Todesschreie der kleinen Mäuse vergessen, denen ich angesichts meines erhofften Reichtums andächtig gelauscht hatte. Meine Zuneigung zu Micki jedenfalls endete mit diesem Tag, und ich war fast froh, als meine Mutter die Mäuse zwei Tage später in meiner Schublade entdeckte. Ich musste sie weggeben, weil Tante Suse informiert wurde und natürlich keine Mäuse in ihrem Haus duldete. Zum Trost bekam ich einen Wellensittich, Hansi, der später ein unglückliches Schicksal erleiden sollte.

22

Als ich sieben war, klaute ich meiner Mutter zwanzig Mark aus dem Portemonnaie. Sie hat mir das nie verziehen. Und es war schon deshalb eine dumme Idee, weil sie all ihre täglichen Ausgaben im Kopf hatte. Aber darüber hatte ich mir keine Gedanken gemacht. Ich wollte nur zu gern einmal im Leben all die Sachen kaufen, die ich bei anderen Kindern gesehen hatte. Lux Seife, auf der Senta Berger so wunderschön von der Packung lächelte, die Zahnpasta, die wir nie hatten und die in der buntesten Verpackung steckte und blaue und rote Streifen hatte. Außerdem deckte ich mich mit den Drei Musketieren ein, mit Schokolade umhülltem Karamell, dann noch Brausestängchen, Erdnussflips und »Mohrenköpfe«.

Meine Mutter entdeckte meinen Diebstahl noch am selben Abend. Es gab den fürchterlichsten Krach, den sie in meiner Kindheit je mit mir hatte. Sie ließ mich meine Beute auf dem Kinderzimmerboden ausbreiten, schrie und fluchte, verprügelte mich nach Strich und Faden, zerschlug mein Sparschwein, nahm mein Erspartes und redete danach zwei Tage lang nicht mit mir. Meine Mutter wollte, dass mir dieser Tag im Gedächtnis bleiben würde.

Ein paar Wochen später fasste ich den Entschluss, in der Spielwarenabteilung des Warenhauses unten in der Stadt ein Pferd zu kaufen, das ich beim Herumstromern entdeckt hatte. Ich brauchte es unbedingt. Es war ein kleiner schwarzer Hengst mit feuriger Mähne und dramatischem Blick, der mich nicht mehr losließ. Der Hengst war aus Kunststoff und von der Firma Schleich, für mich damals unerschwinglich. Ich brauchte also Geld und überredete Renate, mit mir von Tür zu Tür zu gehen, zu klingeln und vorzugeben, für einen guten Zweck zu sammeln. Für ein Kinderheim in Pforzheim, das es in Wirklichkeit gar nicht gab. Aber die Leute bekamen für ihre Spende ein Geschenk von uns: Wir sangen ihnen ein Lied vor. Wenn wir fertig waren und die Leute vor Ergriffenheit über unseren Gesang nach Worten suchten, hielten wir ihnen unsere selbst gebastelte Sparbüchse hin und bedankten uns artig für ihre Spende. Da Renate die Töne nicht traf, verbot ich ihr nach einer Weile, mitzusingen. Ich hasste schiefe Töne. Aber ich brauchte Renate als Begleitung, weil ich mich nicht traute, allein bei fremden Menschen zu klingeln. Wir liefen von Tür zu Tür, und unsere Büchse wurde immer schwerer. Meine Selbstsicherheit wuchs, und ich achtete nicht mehr darauf, wo wir klingelten, und plötzlich stand ich der Tante einer Freundin gegenüber, die mich sofort erkannte und Näheres über das Kinderheim erfahren wollte. Ohne nachzudenken, ergriffen Renate und ich einfach die Flucht und versteckten uns in einem alten Schweinestall. Dort teilten wir das Geld unter uns auf. Ich bekam ein bisschen mehr, weil ich mehr gearbeitet hatte als sie.

Es dämmerte schon, als ich mit meinem Anteil nach Hause lief. Das Warenhaus würde bald schließen. Deshalb wollte ich meinen Hengst erst am nächsten Tag nach der Schule holen, aber dazu kam es nicht, weil die Tante meiner Mutter schon von meinem Treiben erzählt hatte. Statt ins Warenhaus zu gehen, mussten Renate und ich am nächsten Tag bei allen »Geschädigten« klingeln, uns entschuldigen und das Geld zurückgeben.

Aber nichts, nicht die schlimmste Strafe, nicht die schlimmsten Prügel der Welt konnten meine Abenteuerlust bremsen. Ich liebte damals die Fernsehwerbung von dem

Männchen, das immer vor Ärger in die Luft ging und nur mithilfe einer HB-Zigarette wieder auf den Boden zurückkam. Von irgendwoher stibitzte ich eine Mark und zog unten am Automaten eine Schachtel HB. Ich konnte nicht anders. Dann spielten meine neuen Freundinnen Renate, Sabine und ich Vater Mutter Kind, und ich war der Vater. Ich war immer der Vater. Wir zündeten ein Lagerfeuer in den Feldern an und setzten uns. Ich rauchte dann als Einzige meine geklauten Zigaretten, denn zu jedem echten Vater gehörte eine Zigarette. Und dann tauchte plötzlich meine Mutter auf. Sie gab mir eine schallende Ohrfeige und zerrte mich nach Hause.

Aber die Strafen blieben wirkungslos. Und ich spürte, dass meine Mutter immer hilfloser wurde. Sie sagte immer öfter: »So geht es mit dir nicht mehr weiter, Andrea. Etwas muss sich ändern.«

23

Kurz nach meinem achten Geburtstag bekamen wir die Nachricht, dass sich die Frau meines Vaters das Leben genommen hatte. Vielleicht empfand es meine Mutter als schicksalhafte Fügung. Zumindest hat sie nicht lange überlegt, als mein Vater ihr das Angebot machte, zu ihm zu ziehen. Und sein Angebot, uns in Zukunft finanziell unter die Arme zu greifen, tat ein Übriges.

Mein Vater hatte uns nach meiner Geburt nie großartig unterstützt. Er entschuldigte das damit, dass seine Frau das Geld verwalte und er keine Möglichkeit habe, uns etwas zukommen zu lassen. Und meine Mutter fragte ihn nicht nach Geld. Sie hatte sich dafür entschieden, mich auf die Welt zu bringen, und sie würde das auch ohne Hilfe schaffen. Trotzdem hielt sie an diesem Mann fest. Selbst wenn er sich wochenlang nicht bei ihr meldete, beklagte sie sich nicht.

Einmal allerdings hatte sie einen Versuch gewagt, meinen Vater aus ihrem Leben zu verbannen.

Sie antwortete auf eine Kontaktanzeige in unserer *Vaihinger Kreiszeitung*.

An einem Wochenende kurz vor Weihnachten klingelte also ein fremder Mann an unserer Tür. Er missfiel mir auf Anhieb. Er war dick und schwitzte, und er roch so fremd wie alle Männer. Ich war fünf Jahre alt und verstand nicht, warum meine Mutter ihn in die Wohnung ließ.

Er aß die selbst gebackenen Plätzchen und guckte mit uns *Winnetou*, was regelmäßig zur Weihnachtszeit nachmittags im Fernsehen lief. Ich liebte Winnetou. Für mich bestand kein Zweifel daran, dass ich ihm irgendwann begegnen und ihn heiraten würde. Manchmal öffnete ich das Fenster meines Kinderzimmers, vergrub das Gesicht in einem Kissen und zählte bis zehn. Ich war mir sicher, dass Winnetou diese zehn Sekunden genügen würden, um zu erscheinen und durchs Fenster zu mir ins Zimmer zu steigen. Als er einfach nicht kommen wollte, erhöhte ich auf zwanzig Sekunden. Tief enttäuscht von ihm gab ich irgendwann auf und verlegte mich schweren Herzens auf Old Shatterhand. Der gefiel mir auch, aber Winnetou hatte schönere Haare. Auch Old Shatterhand ist nie in meinem Zimmer aufgetaucht.

Der dicke Mann ging später mit mir zur Rodelbahn unten am Hang und guckte mir beim Schlittenfahren zu, während meine Mutter das Abendessen kochte. Das gefiel mir, denn meine Freundinnen aus der Straße bekamen natürlich mit, dass ich mit ihm unterwegs war. Ich tat so, als sei es das Natürlichste der Welt, mit einem Ersatzvater rodeln zu gehen. Jedoch beobachtete ich die anderen aus den Augenwinkeln. Sie waren ziemlich aufgebracht, und ich empfand eine tiefe Befriedigung.

Nach dem Abendessen blieb der dicke Mann einfach sitzen, trank einen Kognak nach dem anderen und dachte nicht daran zu gehen. Meine Mutter wartete genau wie ich darauf, dass er aufstehen würde. Das sah ich ihrem Gesicht an. Sie sah müde aus. Je mehr wir warteten, dass er uns wieder allein ließ, umso mehr drängte er darauf, dass ich endlich ins Bett müsse. Aber wenn meine Mutter nicht aufpasste und sich fremde Männer ins Haus holte, musste ich sie beschützen. Ich blieb so lange auf dem Sofa sitzen, bis er sehr verärgert aufstand und seinen Mantel nahm.

24

Mein Vater ist später nie mit mir rodeln gegangen. Kinder strengten ihn an. Manche Menschen umgeben sich lieber mit Büchern oder führen Gespräche mit Gleichgesinnten, anstatt sich die Füße im Schnee abzufrieren oder eine Gastrolle in der Puppenstube zu übernehmen.

Ein Winter ohne Schnee war für mich unvorstellbar, und nicht selten reichte er bis zu unseren Fenstersimsen. Nach einer schneereichen Nacht kam ich morgens nur zum Gartentor, wenn ich vorher den Weg freigeschippt hatte. Zu Beginn half mein Vater noch beim Schippen.

Die kalten Wintermonate in der Brunnenstraße wollten nicht enden. Das Geld war noch immer knapp, und deshalb hatte meine Mutter den Entschluss gefasst, nur das Arbeitszimmer meines Vaters zu heizen und mein Zimmer erst nach der Schule. Esszimmer, Wohnzimmer, Schlafzimmer, Bad und Küche blieben kalt, Schneeblumen blühten an den Scheiben, und die Heizungsrohre froren nicht nur einmal ein. Abends lag ich im eisigen Bett, und es dauerte lange, bis mir ein bisschen warm wurde, mein Vater machte es sich sogar zur Angewohnheit, sich vor dem Schlafengehen nicht mehr auszuziehen. Meine Mutter irritierte das. Sie kaufte einen Stapel billiger gelber Decken, die mir immer einen Stromschlag versetzten, wenn ich nicht genug Erdung hatte. Meine Mutter sagte, ich solle mich nicht so anstellen, und verteilte die Decken in unseren Betten, damit uns die Füße nicht abfroren.

Als ich ungefähr zehn war, verschlechterte sich der Zustand meines Vaters langsam. Er vergaß vieles und wurde manchmal ohne ersichtlichen Grund zornig. Oft passierte das, wenn wir vor der Schicht meiner Mutter in meinem Zimmer zu Abend aßen. Durch die Riffeltür zog die kalte Luft aus dem Wohnzimmer, und obwohl wir die Ritzen mit Tüchern abgedeckt und uns in unsere Stromschlagdecken gehüllt hatten, froren wir. Wir kauerten vor den belegten Broten, und mein Vater tat sich schwer damit, seine Tasse mit seinen behandschuhten Fingern zu halten. Er fror leicht und war fest davon überzeugt, dass er sich in der eisigen Wohnung eine Lungenentzündung holen würde. Neben seinen Handschuhen trug er eine dicke Wollmütze und einen Schal, über seinem Anzug und der Krawatte eine Strickjacke und dazu seinen Bademantel. Nach dem Abendessen stand er oft auf und vergaß die Decke, die meine Mutter über seinen Schoß gelegt hatte, dann mussten wir aufspringen und ihn stützen, damit er nicht umfiel. Mein Vater streifte unsere Hände ab und schimpfte vor sich hin. Er verstand den Sinn dieser Vermummungsstrategie nicht und glaubte wohl, wir wollten ihn ärgern.

25

Immer öfter tat mein Vater Dinge, die ich nicht verstand. Er machte mir Angst damit, und ich reagierte immer sensibler auf ihn. Zunehmend ertrug ich den Klang seiner Schritte nicht mehr. Ich hatte versprochen, ihn davon abzuhalten, meine Mutter tagsüber aufzuwecken. Doch wenn ich mich ihm in den Weg stellte, schürte das seinen Argwohn. Er betrachtete mich aus zusammengekniffenen Augen und verlangte nach einer anderen Person, die ihm half. Wenn ich ihm erklärte, dass es niemanden außer mir gäbe, schob er mich beiseite, um ins Schlafzimmer zu kommen. Natürlich war er stärker als ich, und ich musste ihn durchlassen. Wenn meine Mutter ihn dann übernahm, fühlte ich eine große Erleichterung, weil ich wusste, dass er auf sie hörte. Aber ich hatte auch versagt, weil er sie wieder geweckt hatte.

Meine Enttäuschung darüber, dass er anders war als andere Väter, als die Väter aus dem Fernsehen, wie Herr Brady zum Beispiel aus *Drei Mädchen und drei Jungen*, wich der Überzeugung, dass er mich einfach nicht mochte. Warum sonst behandelte er mich so?

Darüber, dass er krank sein könnte, redeten wir nicht. Vielleicht entsprach ja sein Handeln seinem eigentlichen Charakter, und meine Mutter hatte sich in ihm getäuscht. Sie schottete uns immer mehr ab, aber wer sollte auch kommen, wenn sie tagsüber schlafen musste.

Sicher ahnte sie, dass sich der Zustand meines Vaters weiter verschlechtern würde. Aber sie schwieg. Mir gegenüber nahm sich mein Vater nicht zusammen, um seine Abneigung zu verbergen. Ich war für ihn jemand, der versuchte, ihn von seiner Frau fernzuhalten.

Am meisten kränkte mich sein Lächeln. Ein Lächeln, als wollte er sagen: Machen Sie sich keine Hoffnung, wer auch immer Sie sind. Ich habe Sie längst durchschaut.

Aus meiner Verunsicherung wurde Widerwillen und daraus eine tiefe Abneigung gegen ihn. Dann realisierte ich, dass er nicht mehr arbeitete. Dass er nur so tat, als würde er schreiben. Ich redete mir ein, dass er uns mit Absicht belog. Sobald meine Mutter abends aus dem Haus war, setzte er sich bis zum Sendeschluss vor den Fernseher. Ich wusste das wegen der Schiebetür aus Riffelglas, die mein Zimmer vom Wohnzimmer trennte. Das Licht flackerte bläulich, und der zu voller Lautstärke aufgedrehte Fernsehton hinderte mich am Schlafen.

Da meine Mutter davon überzeugt war, dass ich irgendwann mein Geld mit dem Geigenspiel verdienen würde, meldete sie mich eines Tages bei einem Orchester an. Sie verteidigte ihre Entscheidung damit, dass es mir sicher großen Spaß machen würde, gemeinsam mit anderen zu musizieren. Ich sah das anders.

Die Proben wurden donnerstagabends in einem Gymnasium in einer Stadt abgehalten, die fast eine Stunde von unserer Wohnung entfernt lag. Manchmal konnte meine Mutter mich auf ihrem Weg zur Arbeit dort absetzen, aber zurück musste ich meistens die S-Bahn nehmen, und mein Vater sollte mich um neun vom Bahnhof abholen.

Immer öfter vergaß er diese Aufgabe, und ich musste den Weg nach Hause allein mit meinem Geigenkasten vor der Brust antreten. Der Weg von der S-Bahn war einsam und dunkel. Ich lief an einem Wäldchen entlang, wo ich nichts hörte außer meinem Atem und meinen Schritten und dem Knacken der Äste. Wenn ich den Wald lebend passiert hatte, standen mir mannshohe Maisfelder bevor, die meinen Weg säumten. Im Sommer raschelten die Pflanzen, sie knisterten und seufzten, als würden sie darauf warten, mich zu verschlingen. Meine Fantasie ließ mich die schrecklichsten Dinge erfinden, und ich war zutiefst erleichtert, wenn ich endlich die Tür zu unserem Haus in der Brunnenstraße aufschließen konnte.

Wenn meine Mutter am nächsten Morgen wieder daheim war und erfuhr, dass mein Vater vergessen hatte, mich von der S-Bahn abzuholen, und stattdessen den Abend vor dem Fernseher verbracht hatte, geriet sie jedes Mal außer sich. Mich verängstigte es, wenn sie stritten, und bald verschwieg ich ihr, wenn ich allein vom Geigenorchester heimgekommen war.

26

An guten Tagen erzählte mein Vater hin und wieder Anekdoten aus seiner Kindheit, an die er sich, im Gegensatz zu seinem Leben mit uns, bis zu seinem Tod erinnern konnte.

Mein Großvater hatte ihn manchmal mit auf die Jagd genommen. Sie erlegten die Tiere, die sie essen wollten, noch selbst. Rehe und Wildschweine, aber auch kleinere Tiere. Auch beim Schlachten der Haustiere mussten die Kinder anwesend sein, um zu begreifen, woher das Fleisch auf dem Teller kam. Auf dem großen familieneigenen Gut in der Nähe von Danzig gab es einen viele Hektar großen Wald. Mein Opa hatte einen Jagdschein und war verantwortlich für den Erhalt und die Pflege seines Reviers.

Jedes Mal, wenn mein Vater aus seiner Kindheit erzählte, lauschte ich mit offenem Mund und großen Augen. Als mein Großvater nach dem Ersten Weltkrieg auf seine Arm- und Beinprothesen angewiesen war, stützte ihn sein Sohn auf den Waldwegen und half ihm auf den Hochsitz oder grub allein das Loch in den Waldboden, in dem die beiden dann bis zum Morgengrauen auf der Lauer lagen. Da muss mein Vater ungefähr vierzehn Jahre alt gewesen sein. Aus seinen Erzählungen hörte ich die tiefe Verehrung für seinen Vater heraus. Ich spürte sogar nach all den Jahren, dass ihn der starke Wille seines Vaters, der trotz seiner schweren Behinderung keinen Moment daran dachte, sich gehen zu lassen oder über seine Verletzung zu sprechen, zutiefst beeindruckt hatte.

Meine Großmutter, die Papa sein »Muttchen« nannte, litt unter starker Migräne. Mein Vater war überzeugt davon, dass ihre hüftlangen schweren goldenen Haare daran schuld waren. Wenn er von seinem »Muttchen« sprach, verklärte sich sein Blick, und seine Stimme wurde sanft. Ich wusste, dass es kein Zufall war, dass er meine Mutter später immer mit seinem Muttchen verwechselte.

An besseren Tagen übte mein Vater das Deklinieren lateinischer Vokabeln mit mir. Er hatte das große Latinum, und es machte ihm immer Freude, sein Wissen an mich, die schon mit dem kleinen Latinum heillos überfordert war, weiterzugeben. Wenn er mir etwas beibringen oder zeigen konnte, war er in seinem Element. Und wäre ich schon etwas älter gewesen, hätte ich sicher von seiner Bildung profitiert. Ich bewunderte ihn in solchen Momenten und hätte mit ihm gern meine eigenen Geschichten und Erlebnisse geteilt, aber das interessierte ihn nicht.

27

1974 war ein heißer Sommer, ich war elf Jahre alt, und alle sprachen über die Fußballweltmeisterschaft. Der Zustand meines Vaters verschlechterte sich mehr und mehr. Ich wusste morgens nie, was im Lauf des Tages auf mich zukommen würde. An manchen Tagen wanderte er nur durch die Wohnung und suchte nach Menschen, die schon lange tot waren. An anderen hatte er lichte Momente. Dann saß er in seinem Arbeitszimmer und schrieb wieder an seinem Lebenslauf, um sich für eine neue Stelle zu bewerben. Oder er arbeitete an seiner Biografie. Er blühte richtig auf und rief meine Mutter zu sich, um ihr das Geschriebene vorzulesen. Aber er kam nie über die ersten Seiten hinaus. Er fing immer wieder von vorn an und blieb dann stecken. Schon eine Weile hatte er keinen Auftrag mehr bekommen, und das Einkommen meiner Mutter reichte einfach nicht aus. Also entwickelte sie eine Strategie, um an günstige Vorräte zu gelangen. Sie erkundigte sich nach den Schlachttagen der Bauern in der Umgebung und fuhr mit mir und meinem Vater dorthin, um günstig Schweinefleisch zu kaufen. Das portionierten und beschrifteten wir dann zu Hause und befüllten damit die große Kühltruhe. Wir sammelten Fallobst für Kompott oder kauften kistenweise günstige Äpfel, um sie im Keller einzulagern. Wir pflückten Holunder und Himbeeren im Wald und kochten Marmelade oder suchten ganze Nachmittage nach Pilzen, die wir für den Winter einfroren. Zur Kartoffelernte liefen wir mit unseren Säcken den Traktoren auf den Äckern hinterher und klaubten liegen gebliebene Kartoffeln aus der Erde. Ich liebte diese Arbeit. Es gab mir ein Gefühl der Sicherheit, weil es mich an früher erinnerte und an die Nähe zur Natur, als wir noch in Vaihingen gelebt hatten.

Ohne triftigen Grund verließen wir unsere Wohnung inzwischen nicht mehr. Es war zu kompliziert. Mein Vater ließ sich am besten zu Hause im Zaum halten. Wenn es ihm doch mal gelang, unbemerkt aus der Haustür zu schlüpfen, versuchte er, über den Gartenzaun zu klettern. Leute, die stehen blieben, um ihn bei seinem seltsamen Treiben zu beobachten, bat er, seine Frau zu suchen: »Sie ist einfach weggelaufen und hat mich zurückgelassen«, sagte er oft. Wenn ich auf ihn aufpassen musste und ihn mit Fremden sprechen sah, schämte ich mich schrecklich. Und ich musste rausgehen und den Leuten erklären, dass der alte verwirrte Mann mein Vater sei und seine Frau nicht weggelaufen, sondern sich im Haus aufhalte. Die misstrauischen Gesichter der Leute demütigten mich und machten mich zornig. In ihren Augen erkannte ich einen Vorwurf. Immer gaben sie mir das Gefühl, dass ihre Sorge allein meinem Vater galt. Eine Frau meinte, ich solle doch meinem Vater das Gartentor öffnen, damit er sich nicht verletzte. Warum wir meinen Vater einsperren mussten, schien niemanden zu interessieren.

Einmal erzählte meine Mutter einer Nachbarin unbedacht, dass mein Vater Valium bekomme, um ihn ruhigzustellen. Normalerweise achtete sie darauf, niemandem etwas von unserer Situation zu verraten. An diesem Tag fehlte ihr vielleicht die Kraft dazu. Wahrscheinlich war sie zu müde, oder sie brauchte einfach jemanden zum Reden. Die Nachbarin aber war fassungslos. Sie riet, es doch mit homöopathischen Mitteln zu versuchen. Ich fand meine Mutter nach diesem Gespräch völlig aufgelöst im Esszimmer. Sie saß am Tisch, hatte das Gesicht in den Händen vergraben und weinte.

Ich blieb in der Tür stehen. Wenn meine Mutter weinte, traute ich mich nicht zu ihr.

»Mama?«

»Ich will hier weg.«

»Was ist denn passiert?«

»Ich will hier nur noch weg.«

»Was denn?«

»Was bildet die sich ein?«

»Wer denn, Mama? Wer bildet sich was ein?«

»Soll ich ihn mit Baldrian füttern, oder was glaubt die?«

Sie war erschüttert von dem Vorwurf der Nachbarin, sie würde meinem Vater mit starken Medikamenten absichtlich schaden, um es leichter mit ihm zu haben.

Meine Mutter vereinsamte langsam und fühlte sich allein gelassen. Sie hatte das Leben immer geliebt und konnte sich über die kleinsten Dinge freuen. Das erste Schneeglöckchen im Frühling zauberte ein Lächeln auf ihr Gesicht. Ich hatte von ihr gelernt, dass es die kleinen Dinge sind, die das Leben reich machen.

Vielleicht hatte die Nachbarin auch nur auf ein solches Gespräch gewartet. Wir hatten in der Brunnenstraße von Anfang an einen schlechten Stand. Zwar war die erste Frau meines Vaters nicht beliebt gewesen, und hinter vorgehaltener Hand tuschelten viele noch lange über ihre täglichen Friseurbesuche. Dass sie sich aber das Leben genommen hatte, musste eindeutig an meinem Vater und seiner Beziehung zu meiner Mutter gelegen haben. Dass wir sehr bald nach dem Tod der ersten Frau in die Brunnenstraße gezogen waren, sorgte jedenfalls dafür, dass uns niemand mit offenen Armen empfangen hat.

28

Wenn meine Mutter abends losfuhr, wenn sich die Rücklichter ihres Käfers langsam in der Abenddämmerung auflösten, fühlte ich nichts anderes als den sehnlichen Wunsch, ihr hinterherzurennen. Meine Einsamkeit erfasste mich dann mit voller Wucht.

Einsamkeit hatte mir nie etwas ausgemacht. Ich war daran gewöhnt. Aber in der Brunnenstraße war es anders. Hier war ich verloren. Ich wusste nie, was als Nächstes passieren würde. Ich wusste nicht, in welcher Stimmung sich mein Vater befand. Ob er mir wohlgesinnt war oder zornig.

Sobald ich allein war, schlich ich mich in unsere Wohnung zurück, blieb stehen, lauschte, um zu hören, in welchem Zimmer er sich befand. Dann ließ ich die Jalousien herunter, verschloss die Wohnungstür und wartete, bis er in der Tür stehen und sich darüber beschweren würde, dass er nicht rauskonnte.

Meine Eltern suchten noch einmal einen Arzt auf. Als sie nach Hause kamen, weinte meine Mutter.

Sie erzählte, dass Papa allem Anschein nach unter einer Krankheit namens Alzheimer leide. Was das genau für uns bedeutete, wusste ich nicht, und es gab auch niemanden, der mir diese Diagnose näher erklärt hätte. Ich verstand nur, dass mein Vater eine unheilbare Krankheit hatte und dass es jetzt immer schlimmer mit ihm würde. Das war die Erklärung, die ich von meiner Mutter bekam. Sie genügte, um mir eine gewisse Vorstellung von unserem zukünftigen Leben zu machen. Sie trug nicht dazu bei, dass ich auch nur das geringste Verständnis für meinen Vater aufbrachte. Gegen seine Unruhezustände hatte der Arzt ihm wieder Medikamente verschrieben. Das half anfangs ganz gut. Zumindest schlief er nachts wieder durch.

Bald aber halfen die Medikamente nicht mehr, und die Beruhigungsmittel schienen ihn eher munter zu machen.

Wenn meine Mutter Nachtschicht hatte, stand sie früher auf und ging mit meinem Vater spazieren. Sie erhoffte sich, ihn dadurch zu ermüden, damit er mich nachts schlafen ließe. Ich musste ja zur Schule. Mein Vater jedoch wollte nicht spazieren gehen. Nach zehn Minuten blieb er stehen und weigerte sich, weiterzulaufen. Er beteuerte, dass er hundemüde sei und schlafen müsse. Zu Hause angekommen, legte sich meine Mutter neben ihn, redete ihm gut zu und hoffte, noch eine Stunde vor ihrer Schicht ausruhen zu können. Mein Vater jedoch stand fünf Minuten später wieder auf.

29

Etwa Mitte der Siebzigerjahre starb die beste Freundin meiner Mutter überraschend an einer Hirnblutung. Sie war die Einzige gewesen, mit der sie noch ab und zu telefoniert, die Einzige, der sie hin und wieder ihr Herz ausgeschüttet hatte. Den Kontakt zu den anderen ehemaligen Freundinnen aus Vaihingen hatte sie abgebrochen. Vielleicht war es ihre Scham darüber, dass sie ihnen bei unserem Abschied ein zukünftiges Leben beschrieben hatte, das nie stattfinden sollte.

Mittlerweile fand sie keine Kraft und keine Geduld mehr für Gespräche, die zu nichts führten. Den Leuten von der Krankheit meines Vaters zu erzählen war aussichtslos. Sie verstanden das Problem nicht. Keine ihrer Freundinnen konnte sich das Leben mit einem Alzheimerkranken vorstellen. Sie dachten bei meinem Vater an einen schusseligen alten Mann, der ab und zu nicht mehr weiß, wo er wohnt und was passiert ist. Dass meine Mutter und ich Tag und Nacht für meinen Vater da sein mussten, dass sein Wesen sich verändert hatte, er immer wieder aggressiv wurde, gegen mich und auch gegen meine Mutter, das hatten ihre Freundinnen nie erlebt.

Waren in der ersten Zeit in der Brunnenstraße noch ab und zu alte Bekannte meines Vaters mit ihren Frauen zum Kaffee gekommen, hatte auch das nach und nach aufgehört. Es sprach sich herum, dass mit meinem Vater etwas nicht stimmte. Mich quälten die verständnislosen Blicke der Gäste, wenn mein Vater zum fünften Mal dieselbe Frage stellte.

»Wie alt sind Sie jetzt eigentlich, gnädige Frau?«, fragte

er sehr gerne und sorgte damit regelmäßig für entgeisterte Gesichter aller Anwesenden.

Manchmal stand er plötzlich auf und ging einfach weg. Wurde ich damit beauftragt, ihn zu suchen, saß er seelenruhig mit einem Buch in der Hand in seinem Arbeitszimmer und hatte seinen Besuch vergessen.

Irgendwann blieben die Gäste ganz weg, und wir waren erleichtert darüber.

Meine Mutter und ich wurden zu einer Art Schicksalsgemeinschaft. Keiner von uns war es richtig bewusst. Aber mit meinen elf Jahren war ich zur einzigen Vertrauten meiner Mutter geworden. Ich war stolz auf diese Rolle. Ich war der kleine scharfe Schäferhund an ihrer Seite, der alle wegbiss.

Ich stellte mir nie die Frage, warum es keinen einzigen Erwachsenen in unserem Leben gab, der Näheres über unsere Not wusste oder erfahren sollte.

30

Ich war vielleicht zwölf Jahre alt, als mir meine Mutter erzählte, dass mein Vater manchmal weinte. Ich konnte mit diesen Worten nichts anfangen. Ich hatte keine Gefühle mehr für meinen Vater. Unter Tränen ließ sie mich eine Notiz meines Vaters lesen, die er gerade geschrieben haben musste:

»Man muss damit rechnen, dass meine geistigen Vermögen und Fähigkeit durch Schläge (Schlaganfälle) teilweise gestört oder großenteils blockiert werden, von den körperlichen Möglichkeiten ganz zu schweigen … Außerdem ist ja auch die Möglichkeit gegeben, dass ich zwar verblöde, aber weiterlebe … Ich glaube nicht, dass die oben genannte Gefahr sich galoppierend nähert, aber an sich ist es in den letzten Wochen sehr schnell schlechter geworden.«

Auch diese Notiz ließ mich kalt. Was ging mich das an? Ich ließ meine Mutter stehen, lief in mein Zimmer und setzte mich auf die Fensterbank. Dann starrte ich lange in den Garten. Eine unerklärliche Wut schnürte mir die Kehle zu, und ich hätte gern geweint. Aber die Tränen hatte ich mir abgewöhnt, es half ja nicht, und vor meinen Eltern wollte ich keine Schwäche zeigen.

Ich war stolz darauf, dass ich mich im Griff hatte. Ich hatte damit begonnen, alles, was mir wehtat, an mir abprallen zu lassen. So verschloss ich mich auch vor mir selbst.

31

In der Schule schlief ich immer wieder ein. Ich ging inzwischen aufs Gymnasium und hatte mich vor allem darauf gefreut, Englisch zu lernen. Aber meine schulischen Leistungen wurden immer miserabler. Ich konnte mich nicht konzentrieren und hatte vor Prüfungen fürchterliche Magenschmerzen. Die Lehrer baten meine Mutter hin und wieder zu sich, um sie darüber zu informieren, dass mein mangelndes Interesse am Schulstoff den Ansprüchen eines Gymnasiums nicht gerecht würde. Der Stolz meiner Mutter verbot ihr, mich auf eine Realschule zu schicken. Und bis dahin war ich ja immer unter den Besten gewesen. In unserer alten Wohnung in Vaihingen hatte ich mal einen Brief meines Vaters in der Küche gefunden. Er schrieb darin an meine Mutter:

»Ja, und ein Einser-Kind! Gib ihm einen Kuss, und sag ihm: Wenn es allzu gut rechnet, muss es einen Mathematiklehrer heiraten. (Sag ihm lieber nichts so Gruseliges!)

Es ist eigentlich immer nur eines wichtig: dass sie den Sinn für das Richtige! entwickelt. Sonst besteht immer die Gefahr, dass man einen Löwen in eine Mausefalle zu sperren versucht oder eine Eiche in eine Spaltpilzkultur pflanzt. Nicht gut, so was.

Nur nicht rühren im Ersehnen,
Näherspüren, Vorbereiten!
Was sind Wunden, was sind Tränen,
Wenn wir tiefer gleiten …«

Die Lehrer mussten sich in mir täuschen. Davon war

meine Mutter überzeugt. Ich war doch ein Einser-Kind! Keiner von ihnen fragte mich jemals, warum ich ständig müde und unkonzentriert war.

32

Meine Mutter litt schon lange an Migräne. Sie nannte es immer ihre schrecklichen Kopfschmerzen. In der Brunnenstraße wurden sie schlimmer und schlimmer. Mit zwölf Jahren fand ich meine Mutter, kurz bevor sie zur Arbeit fahren musste, im Badezimmer. Sie lag bewusstlos in ihrem Erbrochenen. Ich flehte sie an, zu Hause zu bleiben und sich auszuruhen, aber zitternd und kreidebleich zog sie sich an und fuhr los. Als ich das Gartentor verriegelt hatte und mich umdrehte, stand mein Vater in der Haustür: »Wann gibt es denn hier endlich etwas zu essen?«, fragte er mich. Er hatte gerade sein Abendbrot bekommen. Als ich ihm noch ein Brot machte, biss er einmal davon ab und lief wieder zur Wohnungstür, um daran zu rütteln. Er zitterte heftig und war ganz aufgeregt.

Es musste doch irgendetwas geben, das ihn ablenkte, das ihn beruhigte. Ich probierte alles aus. Ich las ihm etwas vor oder spielte ihm Musik auf dem Plattenspieler vor. Oder ich zeigte ihm die Blumen im Garten. Ich kochte ihm einen schönen Kaffee oder bereitete ihm an den Sonntagen ein besonderes Frühstück. Aber all das half nur kurz, immer stand er plötzlich wieder auf und wollte weg. Er suchte meine Mutter. Meine Mutter war sein Augenstern. Er benahm sich wie ein Hündchen, und wenn er sie wiedersah, freute er sich jedes Mal, als wäre er Jahre von ihr getrennt gewesen. Mir misstraute er von Tag zu Tag mehr. Ich war schuld daran, dass meine Mutter nicht bei ihm sein konnte, ich trennte ihn von Muttchen.

33

An einem Montagnachmittag konnte mein Geigenlehrer nicht mit seinem Wagen nach Hause fahren, sein Autoschlüssel war verschwunden, und wir konnten ihn einfach nicht mehr finden. Mein Vater hatte sich angewöhnt, sich alle halbe Stunde umzuziehen. Minutenlang stand er vor seinem Kleiderschrank im Schlafzimmer, räumte aus, räumte ein, zog sich aus, zog sich wieder an, ließ am Ende alle Kleidungsstücke kreuz und quer im Schlafzimmer liegen, und meine Mutter musste alles wieder einräumen.

Während der Geigenstunden klopfte mein Vater seit einiger Zeit ständig an die Riffelglastür und fragte, was wir zwei denn da machen würden. Auch an jenem Montag klopfte er und trat ins Zimmer. Ich wunderte mich über seinen neuen Mantel. Woher er ihn wohl hatte, und woher das Geld dafür kam. Da lief Herr Schuster schon auf meinen Vater zu und sagte, dass das sein Mantel sei und er ihn doch ganz gern wiederhaben würde. Mein Vater überließ ihm den Mantel ohne Murren, ich war erleichtert. Da hatten wir noch mal Glück gehabt, normalerweise gab er Sachen, die er für sich beanspruchte, nicht so einfach her.

Als er wieder verschwunden war, taten Herr Schuster und ich so, als sei nichts gewesen. Und ich begann mit meinen Etüden von vorn. Am Ende der Stunde zog Herr Schuster seinen Mantel über und griff in die Taschen, aber der Autoschlüssel war nicht mehr da.

Ich fand meinen Vater in seinem Arbeitszimmer, wo er

am Schreibtisch saß und aus dem Fenster sah. Ich stellte ihn zur Rede.

»Welcher Schlüssel? Was erlaubst du dir? Natürlich habe ich keinen Schlüssel genommen!«

Ich stellte die ganze Wohnung auf den Kopf, fand den Schlüssel aber nicht, und so blieb mir nichts anderes übrig, als meine Mutter zu wecken und sie um Hilfe zu bitten.

Sie fuhr Herrn Schuster dann nach Hause. Den Autoschlüssel entdeckten wir tags darauf im Wäschekorb.

34

Mein Vater war in jungen Jahren ein gut aussehender Mann gewesen, und auch jetzt, mit beinah siebzig Jahren, sah man ihm sein Alter nicht gleich an. Er war groß und schlank, sein Gang aufrecht und energisch. Ich glaube, er war früher ein guter Tänzer gewesen. Das Blond seiner Haare war inzwischen einem schönen Silbergrau gewichen, und die Sommersprossen tanzten immer noch auf seinem Gesicht. Meine Mutter behauptete immer, er sei ungemein charmant gewesen, die Frauen hätten ihm zu Füßen gelegen. Sie sagte dann immer »Affären«, und ich wusste nicht genau, was sie damit meinte, aber es war klar, dass sie meinen Vater dafür bewunderte, dass er diese »Affären« gehabt hatte. Wenn ich mir alte Fotos von ihm ansah, konnte ich verstehen, dass meine Mutter so lange auf ihn gewartet hat. Auch mir gefiel er in seinen Anzügen und mit seinem klugen Gesicht. In den Augen meiner Mutter war er nur für sie bestimmt, sie wollte keinen anderen.

35

Im Jahr 1972 bekam ich zwei Dompfaffen namens Fridolin und Fridoline. Es waren scheue Vögel, und ich liebte ihr blaurotes Gefieder. Fridolin und Fridoline wollten sich nicht an mich gewöhnen, und um sie ein bisschen zu trösten, stellte ich ihren Käfig bei gutem Wetter in den Garten. Als ich ihn abends wieder ins Haus holen wollte, war er leer. Das Türchen stand offen, von Fridolin und Fridoline keine Spur. Ich rannte zu meiner Mutter, die schon dabei war, ihre Tasche zu packen, und keine Zeit für mich hatte. Eilig lief sie aus dem Zimmer und zur Tür hinaus, bevor ich etwas sagen konnte. Mein Vater stand unschlüssig im Flur herum und schien über etwas nachzudenken. Ich rechnete nicht damit, von ihm etwas über meine Vögel zu erfahren, aber er stand nun mal da, und deshalb fragte ich ihn. Er fixierte mich einen Augenblick, als könne er sich nicht recht daran erinnern, wer ich war, verzog dann den Mund zu seinem typischen Lächeln und sagte: »Natürlich habe ich die Vögel freigelassen.«

Fridolin und Fridoline hatten da schon ein paar Monate bei uns gelebt. Sie gehörten für mich zur Familie. Die Nüchternheit der Antwort meines Vaters traf mich sehr. Ich vergaß jede Zurückhaltung, die ich mir sonst auferlegte, und schrie meinen Zorn heraus. Kurz darauf fand ich mich auf dem Badezimmerboden wieder. Mein Vater hatte mir die Hosen runtergezogen und versohlte mir den nackten Hintern. Ich hatte schon häufig Schläge bekommen, ich empfand es als ganz normal und hätte das weggesteckt. Aber dass mir mein Vater die Hose runterzog und auf den nackten Hintern schlug, versetzte mir einen Schock. Ein erwachsener Mann sah meinen Hintern. Ich schämte mich so, und meinem Vater war keinen Augenblick lang bewusst, welches Tabu er gebrochen hatte.

Ich schrie wie am Spieß, aber meine Mutter war ja schon losgefahren und konnte mir nicht mehr helfen. Außerdem war ich sicher, dass sie mir sowieso nicht hätte helfen können, dazu war mein Vater noch immer viel zu stark.

Nach der Tracht Prügel schloss mich mein Vater in meinem Zimmer ein und setzte sich im Wohnzimmer vor den Fernseher. Es lief *Am laufenden Band*, eine meiner Lieblingssendungen mit Rudi Carrell. Sonst wäre ich jetzt einfach rübergegangen und hätte mitgeguckt.

Wenn mein Vater wütend war, lag immer dieses maskenhafte Lächeln auf seinem Gesicht. Dieses Lächeln konnte man nicht deuten. Es machte mir Angst. Es war undurchdringlich, wie ein Schutz für ihn selbst, damit ich ihn nicht durchschaute. Vielleicht fürchtete er sich ja auch vor *mir*. Fürchtete er sich nicht vor allem, was er nicht mehr verstand?

36

Anfang 1974 wurde bei meiner Mutter während einer Routineuntersuchung eine Geschwulst festgestellt, die umgehend entfernt werden musste. Obwohl meine Mutter wusste, dass keine Zeit zu verlieren war, vertröstete sie ihren Arzt und legte den Operationstermin auf den ersten Tag meiner Osterferien. Ich sollte also die ganzen Ferien allein auf meinen Vater aufpassen.

Er war ziemlich unruhig. Seine Gemütslage wechselte spontan und grundlos. Döste er eben noch in seinem Sessel vor sich hin, sprang er im nächsten Moment auf und rüttelte an verschlossenen Türen. Deshalb hatte meine Mutter mich mehrfach dazu ermahnt, ihn während ihrer Abwesenheit nicht unbeobachtet aus dem Haus zu lassen, er würde sofort zu unserem Lebensmittelhändler am Ende der Straße laufen und auf Pump teures Essen kaufen. Mein Vater war immer ein Feinschmecker gewesen, und die bescheidenen Kochkünste meiner Mutter verstimmten ihn. Sie hatte nie gelernt zu kochen. Ab ihrem vierzehnten Lebensjahr war sie auf sich allein gestellt und hatte sich die wenigen Gerichte, die sie beherrschte, selbst beigebracht, ein Kochbuch besaßen wir nicht. Ich mochte das sehr und fand es irgendwie abenteuerlich.

Als wir noch allein in Vaihingen gelebt hatten, erfanden wir die verrücktesten Rezeptkreationen. Mein Lieblingsabendessen war Knäckebrot mit viel Butter und Tomatenketchup.

Manchmal holte mich meine Mutter abends zum Fernsehen auf ihre Ausziehcouch im Wohnzimmer. Jede von uns hatte eine Tafel Schokolade. Ihre hieß »Herrenschokolade«. Die war dunkel und bitter. Und meine hieß »Damenschokolade« und war aus Vollmilch. Ich wickelte etwas Aluminiumfolie um einen Riegel und lutschte sehr langsam den ganzen Abend daran herum. Ich war sehr stolz auf meine Damenschokolade. Ich fühlte mich selbst wie eine richtige kleine Dame.

In der Brunnenstraße kauften wir einmal pro Woche Vorräte im Discounter. Meistens Konserven. Besonders verhasst war mir das »Kriegsfleisch«, so nannte meine Mutter vorgekochtes Dosenfleisch. Dazu gab es dann Nudeln, Kartoffeln und im Sommer Gemüse und Salat aus dem Garten. Das wiederum fand ich großartig. Mein Vater aber litt. Er bevorzugte frisches Fleisch, weswegen es einmal pro Woche, nämlich sonntags, Schweinekoteletts gab.

Als mein Vater meiner Mutter ein paar Jahre zuvor sein verspätetes Hochzeitsgeschenk präsentiert hatte, hatten die beiden einen schlimmen Streit. Es war ein Abonnement der Zeitschrift *Meine Familie und ich.* Meine Mutter rastete total aus und schrie: »Du bist wohl nicht ganz bei Trost. Erst hast du mich hierhergelockt, wahrscheinlich weil du da schon pleite warst. Und jetzt soll ich mich auch noch mit deinen Luxuskochheften um dein *leibliches Wohl* kümmern.« Bei dem leiblichen Wohl hob sie ihre Stimme und klang richtig boshaft. Damals hatte ich die ganze Aufregung nicht verstanden. Mein Vater hatte mir noch leidgetan, weil er es ja sicher lieb meinte.

Inzwischen jedoch empfand ich eine Art Triumph, wenn ich meinem Vater bei Tisch gegenübersaß und sein grimmiges Gesicht betrachtete. Ich hatte gelernt, dass ein Teller leer gegessen werden musste. Darin war ich ihm gegenüber im Vorteil. Also aß ich meinen Teller leer, ohne zu murren, und betonte immer wieder, wie unglaublich toll das Essen schmeckte. Mein Vater hingegen saß auf seinem Platz und beschwerte sich. Sein Gejammer ging mir auf die Nerven. Er sollte doch dankbar sein, dass wir uns überhaupt um ihn kümmerten. Das sagte ich ihm einmal sogar ins Gesicht, er packte seinen Teller und zerschmetterte ihn in einem plötzlichen Wutanfall an der Wand neben meinem Kopf. Die Essensreste spritzten bis an die Decke, und meine Mutter bekam einen Tobsuchtsanfall. Ich sprang sofort auf und rannte um mein Leben.

Für ihre zweiwöchige Abwesenheit hatte meine Mutter also unzählige Konservendosen gekauft, deren Inhalt ich für meinen Vater und mich aufwärmen sollte. Es blieb uns auch nichts anderes übrig, ich konnte nichts anderes.

Als ich am ersten Tag allein mit meinem Vater bei Tisch saß, verzog er nach dem ersten Löffel das Gesicht, gab dem Teller einen Schubs, sodass die Hälfte der Ravioli auf den Tisch rutschte, und sah mich an.

»Was soll das sein?«

»Ravioli.«

»Das kann man nicht essen.«

»Wir haben nichts anderes, Papa.«

»Das ist Hundefutter.«

»Wir haben nichts anderes.«

»Wo ist Muttchen?«

»Im Krankenhaus.«

»Das weiß ich. Wann kommt sie wieder?«

»In zwei Wochen.«

Ich war aufgestanden und hatte damit begonnen, die Tomatensoße vom Tisch zu wischen. Die Stimme meines Vaters hatte sich verändert. Wenn er sich aufregte, wurde sie etwas höher, und er sprach schneller als gewöhnlich. In diesen Momenten spannte sich mein Körper an, weil ich wusste, dass er sich jetzt in die Situation hineinsteigern würde, ohne dass ich ihn aufhalten konnte. Körperlich war ich ihm noch immer hoffnungslos unterlegen. Ich versuchte, ruhig und höflich zu bleiben, obwohl das nicht unbedingt meinem Naturell entsprach. Wenn ich ungerecht behandelt wurde, wehrte ich mich auf der Stelle. Aber ohne meine Mutter war das zu gefährlich.

Mein Vater betrachtete mich aus seinen eisblauen Augen. Ich erschrak über den Hass in seinem Blick. Er hatte sich dafür entschieden, in mir einen Feind zu sehen. Und ich hasste ihn dafür, dass er in mir nicht seine Tochter sah, sondern jemanden, den er nicht mochte. Warum hatte ich mir jemals einen Vater gewünscht und war mit meiner Mutter in die Brunnenstraße gezogen?

Mein Vater warf seine Serviette auf den Tisch.

»Wieso kommt sie erst in zwei Wochen wieder?«

»Weil sie krank ist.«

»Was ist das für ein Mist?«

»Was?«

»Wieso sagt mir das keiner?«

»Das weißt du doch, Papa.«

Die Augen meines Vaters blitzten.

»Werd nicht frech, Fräulein.«

Ich versuchte, mich zusammenzureißen.

»Mama hat mir gesagt, dass ich das für dich kochen soll.«

»Das kann man nicht essen.«

»Wir haben nichts anderes.«

»Das wäre ja noch schöner.« Mit einem Rumms schob er seinen Stuhl zurück und lief in den Flur.

»Wo ist mein Portemonnaie?«

»Weiß ich nicht.«

»Hast du es weggenommen?« Er stand in der Tür und sah mich an. Sein Gesicht war gerötet.

»Nein.«

»Lüg mich nicht an, natürlich hast du es weggenommen.«

»Ich hab's wirklich nicht.«

Was stimmte. Jedenfalls fast. Mama hatte es versteckt, damit Papa nicht heimlich zum Einkaufen gehen konnte, wenn er mir doch mal entwischte.

»Na warte.« Er drehte sich um und lief zur Wohnungstür. Rüttelte an der Klinke. »Wieso ist hier abgeschlossen?«

»Du darfst doch nicht raus, Papa.«

Fehler.

»Wer sagt das?«

»Mama.«

»Wo ist Muttchen überhaupt?«

»Im Krankenhaus.«

»Lüg mich nicht an. Mach die Tür auf …«

37

In den folgenden zwei Wochen waren mein Vater und ich aufeinander angewiesen, ohne es zu wollen und ohne unseren Fixstern, ohne meine Mutter, die als Einzige schlichtend auf meinen Vater einwirken konnte.

Am schwierigsten war, dass ich ihn nicht rauslassen durfte. Oft wurde er aggressiv und drohte mit Prügel, und irgendwann gab ich schließlich auf und öffnete ihm die Tür.

Mein Vater war selbst im hohen Alter noch ein sehr guter Läufer. Wenn er bei Tisch wütend auf mich wurde, musste ich flink sein. Er stieß seinen Stuhl zurück und verfolgte mich. Wenn ich es geschafft hatte, die Terrassentür des Wohnzimmers zu öffnen, bevor er mich packte, hatte ich gute Chancen, ihm zu entkommen. Mit letzter Kraft erklomm ich die große Linde, um mit sicherem Vorsprung auf meinen Verfolger hinabzublicken. Wenn mein Vater sich anschickte, mir nachzuklettern, schrie ich lauthals um Hilfe und drohte, mit den Füßen nach ihm zu treten. Oft versuchte meine Mutter, meinen Vater zu besänftigen und mich sicher vom Baum herunterzuholen, oft ohne Erfolg. Unser Geschrei konnte den Nachbarn nicht verborgen geblieben sein. Aber die Fenster und Türen blieben immer verschlossen.

Jetzt war er allein draußen, und ich hockte den ganzen Tag über auf dem Boden in unserer Küche und wartete. Ich hatte ein schlechtes Gewissen, weil ich wieder nicht stark genug gewesen war und meine Mutter enttäuschen würde. Es konnte doch nicht so schwer sein, einen alten verblödeten

Mann dazu zu bringen, im Haus zu bleiben, sagte ich mir. Mein Hass auf meinen Vater wuchs, der mich in diese jämmerliche Situation gebracht hatte und jetzt fröhlich durch die Welt lief, während ich zu Hause auf seine Rückkehr warten musste. Noch dazu in meinen Osterferien. Ich wünschte mir, er würde überfahren oder an einem Herzinfarkt sterben, und hatte zugleich Angst davor, dass genau das passieren könnte.

Die Lücke zwischen dem Herd und der Spüle war mein Lieblingsort. Ich umfasste meine Beine mit den Armen, legte meine Stirn auf meine Knie und kauerte mich zu einer Kugel zusammen.

Als ich meinen Vater endlich im Flur hörte, lief ich zu ihm, aber ich hielt Sicherheitsabstand, weil ich erst schauen musste, in welcher Stimmung er war. Zu meiner Überraschung erhellte sich sein Gesicht, als er mich sah. Dann sagte er: »Ach, da ist ja jemand! Ich bräuchte Unterstützung. Ich hatte etwas bei mir, aber jetzt weiß ich nicht mehr, wo ich es gelassen habe.«

Ich guckte auf den Boden und suchte nach Einkaufstüten.

»Was denn?«, fragte ich.

»Das weiß ich nicht mehr.« Er schlug sich gegen die Stirn. »Was ist nur heute mit meinem Kopf los?«

Ich wartete. Er ging an mir vorbei, um sich einen Kaffee zu machen. Er war süchtig nach Pulverkaffee und machte meine Mutter immer wieder böse, weil er das Pulver verschüttete und Kaffeeränder auf dem Wohnzimmertisch hinterließ.

Im nächsten Moment stand er wieder vor mir und sah mich an.

»Ich weiß es wieder.«

Er strahlte mich an.

»Ich hatte dir was mitgebracht!«

»Mir?« Mein Vater hatte mir noch nie was mitgebracht.

»Mir?«, wiederholte ich.

»Ja.«

»Was denn?«

»Eine Schlange.«

»Eine echte?«

Ich sah mich um, konnte aber keine Schlange entdecken.

»Wo ist sie denn?«

Mein Vater kratzte sich am Kopf.

»Papa? Wo hast du sie denn hingetan?«

»Ich habe sie auf der Straße gefunden und mitgebracht.«

»Hast du sie hier reingebracht?«

»Ja. Vorhin war sie noch da. Sie ist noch klein. Eine kleine Kreuzotter.«

Dann ließ er mich stehen und ging mit seinem Kaffee ins Wohnzimmer.

Vor echten Schlangen fürchtete ich mich ein bisschen. Vor allem vor Kreuzottern, die bekanntlich giftig sind. Ich fragte mich, ob er tatsächlich mitten im April eine Kreuzotter auf der Straße gefunden hatte. Im Biologieunterricht hatte ich gelernt, dass Schlangen Winterschlaf hielten.

Trotzdem lief ich in den Flur und schaute überall nach, man konnte ja nie wissen … Dann rannte ich zurück ins Wohnzimmer.

»Papa, sie ist nicht da!«

Mein Vater saß in seinem Sessel und sah auf seine Schuhspitzen. Zum Glück ist Mama nicht da, dachte ich. Sie würde Ärger machen, wenn sie Papa mit den Schuhen im Wohnzimmer erwischen würde.

»Papa, was machen wir denn jetzt?«

Er blickte auf und sah mich an. Er sah ganz verletzlich aus in dem Moment, und ich hatte ihn mit einem Mal sehr lieb. Wir hatten ein gemeinsames Geheimnis. Dann schüttelte er plötzlich den Kopf, stand seufzend auf und ging hoch in sein Arbeitszimmer.

Ich suchte noch einmal den Flur ab, dann drehte ich mit spitzen Fingern die Taschen seines Mantels um. Bis ich irgendwann aufgab und mich in eine Ecke kauerte. Ein Tier mit meinem Vater zu teilen wäre schon schön. Auch, wenn es eine Kreuzotter war. Sogar eine Kreuzotter hätte ich gern mit ihm geteilt.

Später wusch ich die Kaffeetasse meines Vaters im Spülbecken aus. Das Wasser floss nicht ab. Irgendwas stimmte nicht mit dem Abfluss, also griff ich ins Becken und fasste dabei in die kleine Schlange, die es sich im Ausguss gemütlich gemacht hatte. Zum Glück war sie genauso überrascht wie ich, sonst hätte sie bestimmt zugebissen. Sie war tatsächlich noch sehr klein. Höchstens so groß wie mein Schullineal. Sie bog ihren Körper blitzschnell zu einer Acht und wartete züngelnd auf den nächsten Angriff.

Außer mir vor Aufregung und Freude rannte ich ins Arbeitszimmer. Mein Vater lag auf seinem Sofa und starrte an die Decke. Als er mich bemerkte, stand er auf, und gemeinsam verfrachteten wir das Schlangenbaby in die Badewanne. Mein Vater hatte keine Angst davor, die kleine Schlange in die Hand zu nehmen. Er griff schneller zu, als sie beißen konnte. Das imponierte mir. Wie vor einiger Zeit mit der Kröte, als er von mir verlangt hatte, dass ich sie in die Hand nehmen sollte. Ich war glücklich darüber, dass er mich erkannte und mir etwas zeigen wollte, aber es war eben doch auch eine fette Kröte, nicht gerade etwas, das ich gern berühren wollte. Ich zierte mich ein wenig. Aber dann sagte mein Vater: »Wenn du mal Tierärztin werden möchtest, darfst du keine Berührungsängste haben.«

Früher einmal hatte er mich gefragt, was mein Traumberuf sei. Das war schon lange her. Dass er sich jetzt auf einmal daran erinnerte, dass ich Tierärztin werden wollte, machte mich so glücklich, dass ich den ganzen Nachmittag nicht mehr von seiner Seite wich. Er holte irgendwann tatsächlich eine kleine Schallplatte mit Vogelstimmen aus seinem Arbeitszimmer hervor und schenkte sie mir.

Jetzt sammelte ich Steine und Kiesel im Garten, schüttete Erde und Sand in die Wanne und baute einen kleinen, von Blättern und Zweigen eingefassten Teich und hoffte, dass meine kleine Schlange mein Freund werden würde. Ich nannte sie Neewa, nach einem Bärenjungen, von dem ich gelesen hatte. Das Bärenjunge war von seinen Eltern verstoßen worden, und Neewa, so stellte ich es mir vor, war es sicher genauso ergangen. Neewa war ein Waisenkind und ich seine neue Mama.

Aber Neewa wollte nicht fressen. Es gab keine einzige Fliege, die ich Neewa hätte geben können, es war erst April, und die Fliegen hielten sicherlich noch Winterschlaf. Da fiel mir ein, dass mein Vater heimlich Fleisch gekauft hatte. Es lag seit Tagen unberührt im Kühlschrank, weil keiner von uns beiden wusste, wie man es zubereitete. Es roch schon ein bisschen. Ich schnitt kleine Stückchen davon ab, band sie an einen Faden und ließ ihn vor Neewas angespanntem Körper baumeln. Sie schnappte ein paarmal zu, konnte es aber nicht abbeißen.

Als ich am nächsten Tag wieder mit meinem Bindfaden vor der Badewanne hockte, um Neewa zu füttern, stand mein Vater plötzlich hinter mir.

»Was machst du?«

»Ich versuche, Neewa zu füttern, Papa. Sie will einfach nicht fressen.«

»Kind Gottes! Du kannst doch keine Schlange in der Badewanne halten!«

Ich drehte mich zu meinem Vater um. Sein Gesicht hatte wieder den fremden Ausdruck, den ich nicht mochte.

»Aber du hast sie mir doch selbst mitgebracht?«

»Quatsch. Raus damit. Aber dalli.«

»Aber du hast doch gesagt, dass sie noch zu klein ist. Es ist doch noch viel zu kalt draußen!«

Ich kämpfte mit den Tränen. Ich konnte Neewa doch unmöglich in den kalten Garten setzen.

»Ich sage raus damit!«

»Aber …«

Er hob die Hand.

»Raus mit dem Vieh.«

Ich lief in den Flur, zog mir seine dicken Lederhandschuhe über, griff nach meiner kleinen Schlange, rannte ins nahe gelegene Wäldchen und legte Neewa unter meinen Lieblingsbaum. Sie schlängelte einfach so davon. Sicher würde sie die nächste Nacht nicht überleben.

Als ich in die Wohnung zurückkehrte, saß mein Vater im Wohnzimmer vor dem Fernseher.

38

Einmal besuchte mich in diesen Ferien eine Freundin aus der Nachbarschaft, obwohl meine Mutter mir davon abgeraten hatte, Freundinnen einzuladen, wenn sie nicht da war. Aber am Vormittag war mein Vater ziemlich ausgeglichen gewesen, er hatte sogar zwei Toastbrote gegessen, deshalb vertraute ich darauf, dass sich seine gute Stimmung halten würde.

Beate und ich spielten in meinem Zimmer. Plötzlich stand mein Vater in der Tür und erkundigte sich, was wir hier treiben würden.

»Wir spielen bloß«, sagte ich und schaute auf Beate, die er eigentlich kannte.

»Wer ist das?« Mein Vater betrachtete sie. Er sah sie an, als wäre sie ihm noch nie vorher im Leben begegnet.

»Die Beate.«

Beate hielt ihm die Hand hin und grüßte artig. Mein Vater beachtete sie nicht und sah mich an.

»Sie soll verschwinden.«

Dann ging er, und ich musste Beate beruhigen. Sie war den Tränen nahe. Sie konnte ja nicht wissen, dass es bei uns immer so zuging. Wenn ich mal eine Freundin zu Besuch hatte, passte meine Mutter auf meinen Vater auf und beruhigte ihn, wenn er sich über unseren Lärm aufregte.

»Ich geh jetzt lieber«, sagte Beate, aber ich hielt sie zurück. Es war so schön, eine Freundin zu Besuch zu haben.

Wir spielten noch ein bisschen weiter, doch unsere Stimmung war gedrückt. Mit einem Ohr war ich immer im Flur.

Ich lauschte auf Papas Schritte, fürchtete seinen Schatten hinter der Riffelglastür meines Zimmers.

Das Spielen machte keinen richtigen Spaß mehr. Und kurze Zeit später stand mein Vater wieder vor uns und schickte Beate nach Hause. Mich selbst schloss er in meinem Zimmer ein und setzte sich dann ins Wohnzimmer. Ich kauerte mich auf meine Fensterbank und schaute in den Garten.

Die Bäume waren noch kahl, es regnete. Langsam wurde es dunkel.

Ich überlegte, wie ich es am klügsten anstellen könnte, wegzulaufen, ohne dass ich ganz verloren ginge. Ich musste ein Signal an meine Mutter senden. Wenn nach mir gefahndet würde, dachte ich, würde man ihr das sicher berichten. Man würde ihr sagen, dass ihr einziges Kind von zu Hause weggelaufen sei, und sie würde um ihre Entlassung kämpfen und nach mir suchen. Nur so konnte ich dem Leben mit meinem Vater entkommen. Am Telefon konnte ich ihr nicht von Papas Wutausbrüchen erzählen, weil er beim Telefonieren immer neben mir stand und aufpasste, was ich sagte. Besuche im Krankenhaus waren Kindern unter zwölf Jahren nicht gestattet. Ich hatte Sehnsucht nach meiner Mama.

Im Schein des Terrassenlichts sah ich, dass der Regen in Schnee überging. Das war schlecht für meine Fluchtpläne. Nach kurzem Zögern beschloss ich, meine Flucht auf den Sommer zu verschieben. Dann würde ich heimlaufen. Meine Mutter müsste mir nur folgen.

Ich sah mein altes Zimmer in Vaihingen vor mir. Meine Schafe. Meine alten Freundinnen. Sah mich auf der Eichendorffstraße vor dem Haus spielen, bis es dunkel wurde, und meine Mama, die nach der Arbeit auf mich zulief und mich in die Arme nahm.

Dann hörte ich den Nachrichtensprecher im Wohnzimmer und wusste, dass ich heute nichts zu essen bekommen würde, weil mein Vater zwar alles vergaß, aber nicht die Tatsache, dass er sich vorgenommen hatte, mich nicht mehr rauszulassen.

39

Als mein Vater mich in den nächsten Nächten nicht schlafen ließ, beschloss ich, mich neben ihn ins Ehebett zu legen. Ich hoffte, ihn auf diese Weise früher aufhalten zu können und schneller zurück ins Bett zu bekommen. Bevor er richtig wach war und damit beginnen konnte, den Kleiderschrank auszuräumen. Es fühlte sich komisch an, neben ihm im Bett meiner Mutter zu liegen, aber es war einen Versuch wert. Meine Mutter hatte mir einen kleinen Zettel dagelassen, den las ich immer wieder:

»Mein liebes Mäusel,

Jetzt hoffe ich, du kannst schnell schlafen, und vor allem hoffe ich, dass Papa dich ein bisschen schlafen lässt. Auf deinem Nachttischchen liegt ein vierblättriges Kleeblatt, das habe ich heute im Garten gefunden. Das bringt uns bestimmt Glück.

Ich hab dich lieb.

Deine Mama«

Lange konnte ich in der ersten Nacht neben ihm nicht einschlafen. Alles fühlte sich fremd an. Die Atemgeräusche meines Vaters, sein Geruch, das Stöhnen, das er ausstieß, wenn er sich zur Seite drehte. Ich rutschte so weit zu meiner Bettkante, dass ich fast aus dem Bett fiel. Mein Gesicht vergrub ich in das Kissen meiner Mutter. Es duftete nach ihr, und ich redete mir ein, dass sie immer in meiner Nähe war. Dass sie in diesem Augenblick an mich dachte und stolz auf mich war, dass ich mir solche Mühe mit meinem Vater gab.

40

Mein Vater konnte sich zwar noch selbst waschen und erinnerte sich daran, wie man die Toilette benutzt, aber seine Unruhe wuchs. Deshalb lauschte ich mit einem Ohr immer auf ihn. Hatte er sich in der Küche aufgehalten, kontrollierte ich danach den Gashahn, klapperte ein Fenster, lief ich hin, um zu sehen, ob er es geöffnet hatte, um zu entwischen, wenn er den Hörer abnahm, um zu telefonieren, lief ich zu ihm, um ihn davon abzuhalten, irgendwelche Leute anzurufen und nach seinem Muttchen zu fragen. Die Telefonnummer des Krankenhauses, in dem meine Mutter arbeitete, kannte er auswendig, und wenn ich nicht schnell genug war, rief er dort immer wieder an, um zu fragen, wann seine Frau zurückkäme.

In diesen unendlichen Osterferien nässte er sich eines Nachts das erste Mal ein. Da ich neben ihm geschlafen hatte, fiel mir sein nasses Nachthemd auf, als er sich an seinem Schrank zu schaffen machte.

»Papa«, sagte ich, »dein Nachthemd ist ganz nass. Du musst ein neues anziehen.« Er gehorchte sofort. Das Wechseln seines Nachthemds und das dauernde Beziehen der Matratze in den Jahren danach ekelten mich nicht. Ich wunderte mich nicht einmal, dass ich mich nicht ekelte. Vielleicht hatte ich mich schon so in meine Aufgabe gefügt, war so gewöhnt an meine ganze Lage, dass sich Resignation in mir breitgemacht hatte.

Während ich das Bett frisch bezog, nutzte mein Vater die Gelegenheit und lief ins Wohnzimmer. Dort machte er sich an den Jalousien zu schaffen. Als ich ihm hinterherlief, ging er auf mich los und schimpfte, ich solle ihn in Ruhe lassen.

»Was wollen Sie überhaupt in meiner Wohnung?«, rief er immer wieder.

Er siezte mich und brachte mich damit auf eine Idee. Ich tat ab sofort so, als wäre ich seine Krankenschwester. Ich siezte ihn zurück. Ich erklärte ihm, er sei im Krankenhaus und würde die schlafenden Patienten mit seinem Krach wecken, und außerdem hätte seine Frau darum gebeten, dass er sich ausruhen solle, damit er bald wieder nach Hause könne. Anfangs glaubte ich selbst nicht recht, dass es funktionieren würde. Immerhin war ich noch ein kleines Mädchen, ich reichte meinem Vater gerade mal bis zur Brust, und meine Stimme war noch sehr kindlich.

Das Ergebnis aber verblüffte mich. Mein Vater ließ sich ohne Gegenwehr in sein Bett legen und war kurze Zeit später eingeschlafen.

Nie hielt die Ruhe lange an. Wenige Minuten später stand er schon wieder auf und machte sich auf den Weg, wohin auch immer.

41

Nach zwei Wochen kam meine Mutter wieder, und die Schule begann. Wenn ich freihatte, also an den Tagen, an denen meine Mutter nicht arbeiten musste und mir meinen Vater tagsüber abnehmen konnte, lief ich nach der Schule in mein Wäldchen. Dort hatte ich ein Geheimnis, eine Fichte, die ich zu meinem neuen Freund erkoren hatte. »Riesendorn«, so nannte ich ihn, war der höchste Baum im ganzen Wäldchen. Wenn ich bis in seine Krone kletterte, konnte ich über die Wipfel der anderen Bäume hinwegsehen. Ich überblickte den ganzen Wald.

Dort oben war es friedlich. Ich hörte nur das leise Wispern der Zweige im Wind, ab und zu das Ächzen eines Stamms oder den Ruf eines Vogels. Es gab keinen Ort, an dem ich mich so geborgen fühlte, so beschützt und unerreichbar wie auf meinem Baum.

Unter mir war es dunkel. Über mir war der Himmel.

42

Das Jahr ging vorüber, das nächste Jahr begann. Dann war es 1976. Wir bekamen von der Welt nichts mit. Meine Mutter und ich befanden uns längst in einer Endlosschleife.

Nach und nach verlernte mein Vater die einfachsten Dinge. Er konnte sich nicht mehr kämmen, nicht mehr waschen, selbst das Zähneputzen fiel ihm schwer. Meine Aufgabe war es, seine Körperpflege zu übernehmen. Meine Mutter schwieg dazu. »Ich kann nicht mehr«, sagte sie manchmal, wenn sie am Küchentisch saß und sich ausruhte.

Also zog ich meinen Vater aus, schnitt ihm Finger- und Fußnägel, schrubbte ihm mit einem Waschlappen den Körper ab oder steckte ihn in die Badewanne. Er ließ es geschehen. Es machte ihm nichts aus, dass ich ihn wusch. Für mich wurde die tägliche Reinigung meines Vaters zur Routine. Ich wollte wenigstens einen sauberen Vater, wenn schon alles andere nicht mit ihm stimmte. Inzwischen war ich dreizehn Jahre alt. Ich war zwar ein bisschen gewachsen, aber in der Pubertät war ich noch nicht.

Vielleicht gefiel mir an unserem Waschritual, wenn auch unbewusst, dass ich in diesen Momenten die Oberhand hatte. Wenn ich mich mit dem Körper meines Vaters beschäftigte, konnte er nicht weglaufen. Er war mir ausgeliefert. Beim Essen, Vorlesen, Spazierengehen und vielem anderen lief er immer wieder einfach davon. Beim Waschen hielt er still.

Trotzdem schloss ich die Tür des Badezimmers ab, und

dann verwandelte ich mich in die Krankenschwester, von der er sich gern waschen ließ.

An manchen Tagen hatte er plötzlich lichte Momente. Er wusste dann meinen Namen, und er wusste, dass ich ein Mensch war, der ihm nicht widersprechen durfte. Dann gewann er seine körperliche Kraft augenblicklich zurück.

Einmal hatte ich ihm bei Tisch widersprochen. Wir saßen bei unserem sonntäglichen Schweinekotelett mit Erbsen und Kartoffeln. Meine Mutter hatte frei, und die Stimmung war gut, bis zu jenem Moment, als ich von meinem Englischunterricht in der Schule erzählte. Mein Vater unterbrach mich und sagte, so, wie ich das Wort aussprechen würde, sei es falsch. Das wollte ich mir nicht gefallen lassen. Immerhin konnte ich mir im Gegensatz zu ihm noch alles merken. Die Situation eskalierte, weil auch mein Vater nicht klein beigab. Beide waren wir überzeugt davon, recht zu haben. Irgendwann wurde ich frech und warf meinem Vater an den Kopf, dass er im Gegensatz zu mir ja gar kein Englisch mehr könne, verblödet wie er sei.

Schneller, als ich gucken konnte, sprang er auf, packte mich und stieß mich zu Boden. Dann setzte er sich auf mich und hielt mich an den Händen fest, sodass ich mich nicht wehren konnte. Sein Lächeln über meinem Gesicht, meine Mutter hinter seinen Schultern, die versuchte, ihn von mir herunterzureißen. Ich spürte, wie sein Unterleib gegen meinen drückte, und meine ganze Abscheu gegen diesen Mann brach in mir auf. Ich spürte meine Ohnmacht ihm gegenüber, ein Grauen, für das ich keine Worte hatte.

Meine Mutter schaffte es nicht, ihn von mir herunterzuziehen. Mein Vater schien sich in seiner Position wohlzufühlen. Er lachte mir ins Gesicht und sagte:

»Na? Wie fühlt sich das an?«

»Du dreckige Sau!«, schrie ich außer mir. Mein Ekel ließ mich vollends die Kontrolle verlieren.

Mein Vater holte aus und schlug mir mit der flachen Hand ins Gesicht. Meine Augenbraue platzte auf. Ich schrie immer weiter. Ich spürte keine Angst mehr und keinen Schmerz. Ich brüllte ihm all meinen Hass ins Gesicht.

Als es meiner Mutter endlich gelang, mich zu befreien, war mein Gesicht blutüberströmt.

Schweigend lief ich ins Badezimmer, um mir das Blut abzuwaschen. Ich musste aufpassen, damit ich den Teppich im Flur nicht versaute.

43

Mein Vater hatte vergessen, wie man sich ein Butterbrot streicht. Also machte ich das für ihn, wenn er hungrig war. Meistens biss er einmal ab, dann ließ er das Butterbrot irgendwo liegen.

Immer öfter fand er die Toilette nicht mehr und pinkelte in irgendwelche Ecken unserer Wohnung. Wenn wir die Pfützen nicht rechtzeitig fanden, brachte uns der durchdringende Geruch auf die Spur.

Obwohl ich stolz darauf war, so erwachsen für mein Alter zu sein, schlief ich nachts inmitten meiner Puppen und Stofftiere. Inzwischen waren meine Puppen etwas in den Hintergrund gerückt. Stattdessen hatte ein beiger Stoffhund mit Schlappohren und einer roten Schleife um den Hals mein Herz erobert. Er hieß Susi, war also eigentlich ein Weibchen. Susi war nicht sonderlich weich, ihr Körper war steif, und das Fell kratzte ein wenig. Trotzdem schlief ich keine Nacht ohne sie an meiner Brust ein. Tante Suse hatte sie mir geschenkt, als Mama und ich in unser zweites Leben aufgebrochen waren. Susi sollte mich beschützen, und tatsächlich hatte ich nachts in meinem Bett das Gefühl, dass mir niemand etwas anhaben konnte, wenn sie bei mir lag.

Schon in meinem ersten Leben in Vaihingen bedeutete mein Bett für mich absolute Sicherheit. Wenn meine Mutter noch nicht zu Hause war und Tante Suse mich früher ins Bett gesteckt hatte, weil ich am nächsten Tag früh aufstehen musste, lauschte ich dem Geräusch der Autos auf der entfernten Schnellstraße. Ich fühlte mich geborgen in meinem Nest, und die düstere, kalte Nacht draußen vor meinem Fenster war fern. Und wenn mir doch etwas das Herz schwer machte, betete ich zum lieben Gott. »Ich bin klein, mein Herz ist rein, soll niemand drin wohnen als Jesus allein.« Das Gebet hatte mir Oma Müller in Nußdorf beigebracht. Es war der erste Reim, den ich aufsagen konnte. Wenn ich traurig war, dachte ich manchmal auch an Pippi Langstrumpf und daran, dass ich später einmal alle Menschen, die ich nicht mochte, mit einer Hand in die Luft heben würde. Dort würden sie zappeln und schreien, aber ich würde sie erst wieder runterlassen, wenn sie sich bei mir entschuldigt hätten.

Jetzt lag ich in meinem Bett in der Brunnenstraße und wartete auf den Schlaf. Nebenan sah mein Vater fern. Das flackernde Licht des Bildschirms und der laut aufgedrehte Ton ließen mich immer wieder hochschrecken, wenn ich gerade dabei war einzuschlafen. Und was hatte es auch für einen Sinn, einzuschlafen? Wenn mein Vater zum Sendeschluss den Fernseher ausgeschaltet und das Wohnzimmerlicht gelöscht hatte, fand er oft die Tür zum Flur nicht mehr und rief um Hilfe. Oder er verwechselte die Schiebetür zu meinem Zimmer und tastete sich einen Weg durchs Dunkel zu meinem Bett. Dann klopfte er auf meine Decke oder fuhr mir mit seinen kalten Händen übers Gesicht. Jedes Mal erschrak ich mich zu Tode.

Nachdem ich ihn ins Schlafzimmer geführt und in sein Bett gelegt hatte, wartete ich mit Susi darauf, dass er wieder aufstand. Das hörte ich am Quietschen der alten Sprungfedern. Sobald dieser Ton erklang, war ich hellwach. Meist quietschten kurze Zeit später die Scharniere der Schranktür. Er zog sich wieder an, um auf Wanderschaft zu gehen.

Wenn ich aufstand, um ihn noch einmal ins Bett zu bringen, begegnete er mir manchmal nackt im Flur mit nichts an außer seiner Wollmütze und seiner Krawatte. Ich hasste seinen Anblick. Ich hasste seinen nackten Körper. Ich hasste ihn dafür, dass er sich mir so zeigte.

43

Im Tausch für Micki und Minnie hatte ich noch in Vaihingen einen Wellensittich bekommen. Er war türkisfarben, an der Kehle hatte er gelbe Federn. Er war wunderschön und zahm. Er hieß »Hansi«, obwohl er eigentlich ein Mädchen war. Er hieß »Hansi«, weil alle Wellensittiche Hansi hießen, egal ob Männchen oder Weibchen. Collies hießen »Lassie«, Wellensittiche hießen »Hansi«.

Lange hatte sich meine Mutter erfolgreich gegen ein weiteres Haustier gewehrt. Eines Tages jedoch hing in der Schule ein Zettel aus, auf dem jemand für sein Kaninchen eine neue Heimat suchte. Meine Stunde war gekommen. Ohne meine Mutter darüber zu informieren, radelte ich mit einem Karton auf dem Gepäckträger zu der angegebenen Adresse und nahm das Kaninchen mit nach Hause. Meine Mutter konnte nicht mehr Nein sagen.

Ich nannte es »Mucki«, wie das Kaninchen aus einem meiner Lieblingskinderbücher. Sobald ich mein Zimmer betrat, hoppelte »Mucki« auf mich zu und im Kreis um mich herum und machte lustige Pfeifgeräusche, die mir zeigten, wie sehr er sich freute, mich zu sehen. Mucki verwandelte mein Zimmer in kürzester Zeit in ein Schlachtfeld. Er knabberte alles an, und manchmal, wenn er munter wurde, rannte er pfeifend durchs Zimmer und hinterließ aufgeregt Hunderte kleiner Kotkügelchen. Dazu flog Hansi kreischend auf meinen Kopf und begann, meine Haare zu zwirbeln. Beide Tiere lebten ohne Käfig oder Stall in meinem Zimmer. Für

Mucki hatte ich ein Katzenklo aufgestellt, an das er sich hin und wieder erinnerte, Hansi saß am liebsten auf dem Haltegriff meines großen Weckers und kackte alles voll. Meistens schlief sie jedoch in ihrer Bücherhöhle. Stets war sie damit beschäftigt, ein Nest für ihre Jungen zu bauen, die sie ohne ein Männchen nie bekommen würde, und hatte einen Teil meiner Bücher ausgehöhlt, um ihr Nest zu polstern. Mucki schlief auf dem Schaffell vor meinem Bett.

Mucki saß genauso gern wie ich auf dem Fenstersims und guckte von dort aus in den Garten. So entdeckte ihn eines Tages unsere Vermieterin, die über uns wohnte und den Großteil ihrer Freizeit mit Gartenarbeit verbrachte. Sie suchte meine Mutter auf und erinnerte sie an unseren Mietvertrag. Das Halten von Tieren war in ihrem Haus untersagt. Mucki musste weg. Ich wollte ihn nicht hergeben, steckte ihn in eine Holzkiste und verfrachtete ihn unter meine alte Linde hinten im Garten. Dagegen konnte unsere Vermieterin nichts sagen. Anfangs sah ich noch nach dem kleinen Kerl, aber nach und nach geriet er mir aus dem Sinn und saß unbeachtet in seiner Kiste. Als ich eines Tages die Kiste mal wieder öffnete, erschrak ich fürchterlich. Mucki sah erbärmlich aus. Sein seidiges Fell war verklebt, und am Bauch fehlten ihm ganze Haarbüschel. Zitternd kauerte er sich in meine Arme. Während ich auf der Erde hockte und ratlos seine kahlen Stellen untersuchte, sah ich aus dem Augenwinkel eine Bewegung in der Kiste. Das Stroh in einer Ecke hob sich, und hervor kletterte ein nacktes Mäusebaby. Jetzt entdeckte ich auch, wo Muckis Fell hingekommen war. Die Mäusemutter hatte es ihm ausgerissen und damit ihr Nest aufgepolstert.

Mucki war völlig verstört. Nachdem ich meiner Mutter von dem Mäusenest in seiner Kiste erzählt hatte, musste ich mich von ihm trennen. Unsere Vermieterin hatte meiner Mutter einen Tipp gegeben, wo man Kaninchen abgeben konnte.

Ich verzieh mir meine Unachtsamkeit nicht. Und ich verzieh mir auch nicht, dass ich mir nicht die Mühe gemacht hatte, einen guten Platz für Mucki zu finden. Warum hatte ich nichts unternommen? Fehlte mir, genau wie meiner Mutter, die Kraft, um etwas zu kämpfen, das mir wichtig war, weil es sowieso nichts nützte? Ich verschloss mich innerlich, um diesen Gedanken nicht näher an mich heranzulassen.

Ein paar Wochen später wurde Hansi krank. Sie litt unter starken Krämpfen und fiel nachts manchmal kreischend neben mir von ihrem Wecker. Natürlich hätte ich mit ihr zu einem Tierarzt gehen müssen. Aber ich habe es nicht geschafft. Es war Winter, ich durfte das Haus nicht verlassen, weil meine Mutter Dienst hatte und tagsüber nicht für mich da sein konnte. Mein Vater beanspruchte meine ganze Aufmerksamkeit. Hansis Zustand verschlechterte sich von Tag zu Tag, und ich bekam gar keinen Schlaf mehr. Wenn mein Vater mich nachts nicht weckte, fing Hansi neben mir an zu schreien. Es war ein Teufelskreis, und nach ein paar Nächten bekam ich tagsüber die Augen nicht mehr auf. Ich musste Hansi irgendwie ruhigstellen. Abgesehen davon, dass ich nicht mehr konnte, ertrug ich das Leid meiner kleinen treuen Freundin nicht mehr und fasste den fürchterlichen Plan, sie eigenhändig von ihrem Leid zu erlösen. Ich nahm sie eines Nachts in meine Hand, legte sie auf mein Bett und drückte ihr mein Kopfkissen auf den kleinen Körper. Aber dann nahm ich das Kopfkissen wieder hoch. Lange betrachtete ich sie und streichelte ihren kleinen zerbrechlichen Körper. Ich erinnere mich, dass ich in dem Moment, als sie mich mit ihren aufgerissenen Kugeläugchen anstarrte, das erste Mal seit Monaten weinte. Ein paar Tage später war sie tot.

44

Ich begann, mich zu schminken. Ich kleisterte mir das viel zu dunkle Make-up meiner Mutter ins Gesicht.

Wenn meine Mutter zu Hause war und meinen Vater hüten konnte, durfte ich einmal pro Woche abends mit dem Fahrrad zur Tanzstunde ins Nachbarstädtchen fahren, obwohl ich dafür mit meinen dreizehn Jahren viel zu jung war. Ich hatte noch keinen Busen und klebte mir zusammengeknüllte Taschentücher mit Pflaster unter mein T-Shirt. Einmal fiel mir ein Papierknäuel während der Tanzstunde heraus. Alle sahen es und lachten mich aus.

Ich sehnte mich danach, endlich erwachsen zu werden. Manchmal versuchte ich mir auszurechnen, wie lang mein Vater wohl noch leben würde. Das Ergebnis ernüchterte mich. Wenn nicht bald etwas passierte, würde ich noch mein halbes Leben auf ihn aufpassen müssen.

Einmal knallte ich auf dem Weg zur Tanzschule mit dem Fahrrad gegen ein parkendes Auto. Es regnete in Strömen, und ich hatte es schlicht nicht gesehen. Ich war sehr kurzsichtig, nahm aber die Brille immer ab, wenn es regnete, weil sie dann beschlug und ich noch weniger sah als ohne.

Ich mochte meine Brille nicht leiden. Es war ein ganz billiges Modell, rosafarbenes Plastik. Das Rosa glich dem meiner Zahnspange, die ich jede Nacht tragen musste. Fleischfarben, wie ein rohes Hühnerbrüstchen.

Jedenfalls war ich ohne meine Brille praktisch blind, konnte sie aber zur Tanzstunde und in der Öffentlichkeit unmöglich aufsetzen. Ich fand mich so schon hässlich, aber mit der Brille auf der Nase hasste ich meinen Anblick.

Also trat ich ohne Brille zur Tanzstunde an und sah meine Tanzpartner immer erst scharf, wenn sie direkt vor mir standen. Als Hässliche würde ich sowieso immer die hässlichsten, pickligen Jungs abbekommen, das bestätigte sich in diesen Momenten. Tanzen konnten sie schon gar nicht, aber nach meinem Unfall war das egal, weil ich mir das Schambein angebrochen hatte und das Tanzen erst mal an den Nagel hängen musste.

In der Schule fiel ich mehr und mehr durch meine Aufsässigkeit auf. Ich bekam einen Verweis nach dem anderen, und meine Noten verschlechterten sich immer mehr. Bei meinen Mitschülern punktete ich durch meine Frechheit den Lehrern gegenüber. Die schwächsten Lehrer wurden zu meinen Opfern. Eine Biologielehrerin bewarf ich mit Orangenschalen und Papierkügelchen, sobald sie sich zur Tafel drehte. Das Gejohle meiner Schulkameraden war meine Belohnung.

Ich kam grundsätzlich zu spät, auch weil mein Vater jeden Morgen zu viel Zeit in Anspruch nahm. Bis in meine Träume verfolgte mich der Anblick der geschlossenen Klassenzimmertür, vor der ich stand und mich nicht ins Zimmer traute, weil sich dann alle Augen auf mich richteten.

»Zu spät, aber geschminkt.« Das sagten alle, wenn ich endlich erschien.

Ich wurde zu einem Mädchen, das niemand lieb haben konnte, weil ich mich selbst am allerwenigsten mochte.

Meine Mutter kam fassungslos von den Gesprächen in der Schule nach Hause. Sie war blass im Gesicht und schimpfte auf die Lehrer, die mich in ein falsches Licht rückten. Sie vertraute mir. Aber sie fragte nie danach, wie die Nächte mit meinem Vater abgelaufen waren.

45

Der Argwohn meines Vaters machte mir das Leben immer schwerer. Manchmal weigerte er sich, seine Medikamente von mir zu nehmen. Er sah in mir jemanden, der ich nicht war, der ich nie hatte sein wollen, den ich auch gar nicht kannte. Ich hatte mir nur gewünscht, dass er mich lieb haben würde.

Obwohl ich zweifelte, ob seine Medikamente überhaupt wirkten, weil nie eine Besserung seines Zustands zu erkennen war, bestand meine Mutter darauf, dass ich sie ihm abends zu geben hatte.

Nachdem er sie mir wieder und wieder aus der Hand geschlagen hatte und auf mich losgegangen war, kniete ich mich vor das Schränkchen im Esszimmer, in dem wir die Tabletten aufbewahrten, schüttelte sie aus der Verpackung und breitete sie vor mir aus. Dann hockte ich da und betrachtete sie. Schließlich begann ich, sie zu zählen. Ich hatte zehn Valium, ungefähr zwanzig Lexotanil und noch andere Pillen, manche fürs Herz, manche gegen Schlaganfälle, weil mein Vater im Alter unter Bluthochdruck litt und schon einmal einen leichten Schlaganfall gehabt hatte.

Der Gedanke kam wie von selbst. Ich wusste gar nicht, was mich genau dazu getrieben hatte, mich vor das Schränkchen zu setzen und es zu öffnen. Ich dachte erst darüber nach, als ich versuchte, alle Tabletten in meiner Hand zu halten. Es ging nicht, es waren zu viele. Also würde mein Vater sie auch nicht auf einmal schlucken können. Vielleicht konnte ich sie in einem Getränk auflösen, ohne dass er sie schmecken würde? Oder einen Kuchen backen und sie darin verstecken? Ich war unschlüssig, ich konnte mir nicht vorstellen, dass es funktionieren würde.

Lange hockte ich vor dem Schränkchen und betrachtete die Tabletten, ließ sie von einer Hand in die andere gleiten, wog sie in der linken und der rechten. Immer und immer wieder. Einige fielen auf den Teppich.

Ich war so versunken, dass ich seine Anwesenheit erst spürte, als er hinter mir stand. Langsam drehte ich mich zu ihm um. Sein Blick war aufmerksam und kalt. Nach einer Weile begann er zu lächeln.

46

Der Giftschrank beherrschte von da an meine Gedanken. Immer wieder kniete ich mich davor und überlegte, wie ich meinem Vater die Tabletten unbemerkt verabreichen könnte. Wenn ich sie ihm gleich nach Mamas Abfahrt zur Arbeit einflößen würde, hätte er die ganze Nacht über Zeit, in Ruhe zu sterben. Und während er mit dem Tod kämpfte, würde ich endlich schlafen können. Ich würde die ganze Nacht bis zum Morgen durchschlafen und nichts mitbekommen. Und wenn meine Mutter um sieben Uhr früh von der Arbeit käme, würde ich mich bei ihr dafür entschuldigen, dass ich den Tod meines Vaters verschlafen hatte. Aber das würde auch nichts mehr nützen, weil mein Vater da schon lange tot wäre.

Immer wieder stellte ich mir vor, wie ich meinem Vater die Tabletten gab, und es war mir, als sähe ich ein fremdes Kind vor mir. Ein Mädchen, das nichts mit mir zu tun hatte, das ich nicht kannte, nicht kennen mochte. Aber dann hielt ich es fest und sah ihm in die Augen. Und dann wurde mir bewusst, dass ich das Mädchen kennen musste, weil ich es selbst war.

Das erschreckte mich zutiefst, aber dieses Kind steckte in mir, neben dem Kind, das ich eigentlich war. Dem Kind, das auf Bäume kletterte, tote Hasen fütterte und seine Puppen badete und anzog. Das immer darauf bedacht war, dass die Puppen sich auch ja gut benahmen und immer artig einen Knicks zur Begrüßung machten. Dem Kind, das nichts mehr liebte, als abends auf der Straße unter dem Haus zu spielen und auf seine Mama zu warten, und das in der Brunnenstraße heimlich das Parfüm der Mutter auf die Bettdecke sprühte, um sie bei sich zu spüren. Dem Kind, das sich bemühte, ein besonders liebes Kind zu sein, weil es seine Mutter nicht enttäuschen wollte.

47

Der nächste Sommer hatte sich dem Herbst ergeben, die kürzeren Tage und die früh einsetzende Dämmerung ließen die Trostlosigkeit in unserer Wohnung noch unentrinnbarer erscheinen.

Bevor meine Mutter abends zur Arbeit fuhr, setzten wir uns zusammen in die halb volle Badewanne. Damit hatten wir bald nach unserem Einzug in die Brunnenstraße angefangen, so sparten wir Wasser und Strom.

Meinen Vater setzten wir so lange auf den Wäschekorb, damit er keinen Unsinn machte und wir ihn im Blick behielten. Dort fühlte er sich wohl. Er war nicht allein und hatte die Gewissheit, dass wir nicht weglaufen konnten, weil wir ja in der Badewanne festsaßen.

Mama und ich waren uns körperlich immer sehr nah gewesen. Als ich noch ganz klein war, hatte sie mich immer gedrückt, liebkost und gestreichelt. Ich spürte, dass ich ihr das Liebste auf der Welt war.

Umso weniger verstand ich, warum sie meinen Vater nicht in ein Heim geben wollte. Warum sie mich nicht vor ihm beschützte, warum ich das alles aushalten sollte. Meine Mutter behauptete, wir könnten uns kein Heim für ihn leisten.

Dann sagte sie etwas, das mich stutzig machte. »Einem solch besonderen Mann wie deinem Vater kann man keine Unterbringung in einem Heim zumuten, Andrea.«

»Was ist denn an ihm so besonders, warum können wir

ihn nicht in ein Heim geben? Er vergisst doch alles. Er weiß sowieso nicht, wo er ist.«

»Das verstehst du nicht. Du kennst ihn nicht so, wie ich ihn kenne«, sagte sie, »wie ich ihn gekannt habe, als er noch nicht krank war, so, wie er früher gewesen ist.«

Außerdem würden die alten Menschen in den Heimen nicht gut behandelt. Das war ihre Meinung, und sie hielt eisern an ihr fest. Wenn meine Mutter sich etwas in ihrem Kopf zurechtgelegt hatte, war das so, und daran würde auch ich nichts ändern können, das war mir jetzt klar.

Dann erzählte sie von der Zeit in England, wenn sie, schon mit mir im Bauch, spätabends seine Schritte vor seinem Apartment vernahm. Wenn er die Tür öffnete, in der einen Hand die Flasche Port, in der anderen den Stilton, und bei ihrem Anblick zu strahlen begann, sie vorsichtig in die Arme nahm und ihr versprach, dass er immer für uns da sein werde. Wie sie manchmal bis zum Morgengrauen auf dem Sofa saßen, redend und lachend, bis er plötzlich auf die Uhr schaute und sagte: »Oh, hoppla, in einer Stunde muss ich ins Büro.« Seine Leichtigkeit, sein Charme, seine Attraktivität. Und meine Mutter erzählte auch von seiner Sorge um mich, sein kleines Mädchen, das er immer geliebt habe und dem er nicht das Leben geschenkt hatte, das mir eigentlich zugestanden hätte.

48

Ich war vierzehn Jahre alt, als mein Vater eines Nachmittags klagte, ein Schatten habe sich vor sein rechtes Auge geschoben, er könne nichts mehr erkennen. Immer wieder nahm er seine Brille ab, um sich das Auge zu reiben, vielleicht weil er glaubte, ein Tränenschleier nehme ihm die Sicht und er müsse ihn nur ordentlich auswischen. Manchmal saß er vornübergebeugt auf seinem Stuhl und hielt sich die Hände vors Gesicht. Immer öfter verlegte er seine Brille und irrte halb blind, wie er mit seinen acht Dioptrien ohnehin schon war, durch die Wohnung.

Meine Mutter fuhr mit ihm zu einem Arzt. Dort wurde ein zweiter, unbemerkter kleiner Schlaganfall diagnostiziert, der für die Eintrübung der Linse verantwortlich war.

Ich nahm die Hilflosigkeit meines Vaters mit gemischten Gefühlen wahr. Zwar stellte ich mir vor, dass es unangenehm sein musste, nicht mehr sehen zu können. Für mich aber hatte diese Veränderung durchaus etwas Positives, denn mit dem Verlust der Sehkraft ließ auch die körperliche Kraft meines Vaters nach. Er war nicht mehr so flink wie früher und schaffte es immer seltener, mich zu packen. In gewisser Weise hatte sich nun unser Kräfteverhältnis endgültig umgekehrt.

Eines Nachts wurde ich dadurch geweckt, dass das Licht im Flur anging und durch das Riffelglas meiner Zimmertür schimmerte. Ich hörte meinen Vater rufen und an die Türen klopfen. Dann war es mit einem Mal still. Ich war müde, am nächsten Tag hatte ich Schule. Aber es war besser, keine Zeit verstreichen zu lassen und ihn wieder ins Bett zu bringen. Ich legte Susi beiseite und stand auf.

Als ich in den Flur trat, entdeckte ich ihn. Er stand, nackt bis auf seine Wollmütze auf dem Kopf, vor dem Schirmständer und pinkelte hinein. Der Schirmständer war nicht dicht, und sein Urin floss unten heraus und sickerte in den Teppichboden.

Ich sah meinen nackten Vater, ich sah den Urin auf dem Teppich – und fing an zu schreien. Ich verlor immer häufiger die Kontrolle über mich und weiß nicht mehr, was ich schrie, aber es waren fürchterliche Wörter. Ich wollte nur noch, dass er sofort damit aufhörte. Natürlich hörte er nicht auf, und der Fleck auf dem Teppich wurde größer und größer. Ich rannte auf ihn zu und schubste ihn, damit er mit dem Pinkeln aufhörte, aber er machte selbst dann noch weiter, als er sich an der Garderobe festkrallen musste. Ich schlug auf seine nackte Brust ein. Immer wieder. Plötzlich jedoch stieß sich mein Vater mit überraschender Kraft von der Wand ab. Behände griff er nach einem Schirm und begann, damit auf mich einzuschlagen. Ich hielt mir die Hände über den Kopf und rettete mich zurück in mein Zimmer, versuchte, die Tür vor ihm zuzumachen, aber er war schneller. Ich griff nach meiner Schulmappe und warf sie nach ihm, aber er war schon zu nah und hieb weiter auf mich ein. Ich kauerte mich auf den Boden und wartete, dass es vorüberginge.

Nach einiger Zeit ließ er von mir ab und ging ins Schlafzimmer zurück.

Ich wartete und lauschte. Als sich nichts mehr regte, lief ich leise in die Küche, griff nach einer Küchenrolle und begann, den Urin meines Vaters aus dem Teppich zu reiben. Den Schirmständer stellte ich in die Badewanne und brauste ihn ab. Es war mir ganz wichtig, den Urin zu entfernen, bevor er eintrocknete und Flecken und den unangenehmen Geruch hinterließ.

Ich wusste, wie sehr meine Mutter sich bei unserem Einzug über ihre Idee gefreut hatte, unseren Flur in eine Art Blumenwiese zu verwandeln. Der Teppichboden hatte die Farbe dunklen Sands, an die Wände hatte sie Tapeten mit hell blühenden Margeriten auf grünem Grund geklebt. Meine Mutter liebte Blumen. Und Margeriten waren immer ihre Lieblingsblumen gewesen. In unserem Badezimmer war der Teppichboden samtig grün, die Wände waren mit rosa Blüten verziert. Ich hatte meiner Mutter beim Tapezieren der Wohnung geholfen. Als wir fertig waren, strahlte sie über das ganze Gesicht. Dann strich sie mir über den Kopf und sagte: »Siehst du, Mäusel, und wenn es uns jetzt jemals wieder schlecht geht, gucken wir einfach unsere bunten Blumenwände an, und dann geht's uns wieder gut.«

Das war vor fünf Jahren gewesen. Jetzt kniete ich auf dem Boden und saugte mit meinen Papiertüchern den Urin auf. Der Geruch verursachte mir Übelkeit. Irgendwann verschwamm der Fleck vor meinen Augen, ich weinte. Ich wischte mir die Tränen mit dem Ärmel meines Flanellnachthemds ab, aber es kamen immer neue.

Alles, was meine Mutter sich je gewünscht hatte, war nicht in Erfüllung gegangen. Und ich begriff schlagartig, dass sie nie mehr glücklich werden würde und dass es ihr wahrscheinlich nie mehr in ihrem Leben gut gehen würde, trotz der Blumen an unseren Wänden.

Weil mein Vater alles kaputtmachte.

49

»Ninelein ist ein großes Mädchen, sie flötet schon eifrig Weihnachtslieder, ich muss mich auch bemühen, und so üben wir das, was sie in der Stunde aufbekommt, miteinander. Sonst führen wir ein etwas eintöniges Leben. Arbeit im Beruf und daheim Haushalt u. s. w. Nun, ihr kennt das sicher auch, aber es geht uns grundsätzlich ja unwahrscheinlich gut. Andrea wächst in einem ordentlichen Haus auf, ich bin mit netten Leuten zusammen, und Unbequemes gibt es überall.«

Das hatte meine Mutter an ihre Schwester, Tante Mene, geschrieben, als wir noch in Vaihingen wohnten. Und als Kind war mir niemals aufgefallen, dass meine Mutter unglücklich war, dass ihr etwas gefehlt haben könnte. Sie hatte manchmal schlechte Laune, vor allem am Weihnachtsabend. Da blieb mein Vater grundsätzlich bei seiner Familie in Baldham. Sie machte das wütend, obwohl mein Vater in seinen Briefen an sie schrieb, dass es bei ihm zu Hause kein Weihnachten gäbe. Am Weihnachtsabend, schrieb er dann, ginge sich die Familie noch sorgfältiger aus dem Weg als während der übrigen Zeit.

»Oh, großer Stromstoß. Schon wieder mal Familienkrach. Keines Dichters Fantasie reicht aus, um sich vorzustellen, aus was für absurd nichtigen Ursachen stundenlange oder tagelange Verstimmungen entwickelt werden.

Das Merkwürdige ist, ich kann, selbst wenn ich nur der dritte bin wie in diesem Fall, diese widerlogischen Streitgespräche nachher NIE mehr rekonstruieren. Ich könnte nicht mal eines dichten! Meine ganze geistig-seelische Organisation ist nicht imstande, aufzufassen und zu behalten, wie jemand einen andern sofort aufs Giftigste und Wortreichste in den Anklagezustand versetzt, nur weil er gesagt hat: ›Schönes Wetter heute‹ oder ›Es ist schon fünf vor halb sieben …‹

Reines Konzentrat an Nervengift. Entschuldige. Aber wenn ich öfter schreibe, läuft so was halt auch unter. Diese Grippe hatte mir gerade noch gefehlt. Ich werde bei diesem gezwungenen ständigen Zuhause-Hocken wahrscheinlich allmählich auch undicht. Und dann schreib mal über Verdis unsterbliche Melodien …«

Das hatte er geschrieben, kurz bevor wir in die Brunnenstraße gezogen waren. Die Ehefrau meines Vaters hatte unter Depressionen und Angstzuständen gelitten, und die schlechte finanzielle Lage meines Vaters trug sehr zu ihrer Not bei. Seine Frau hatte ihn allein für diesen Zustand verantwortlich gemacht, und so waren sie immer öfter miteinander in Streit geraten.

Bevor wir zu ihm gezogen sind, bestand das Leben meines Vaters darin, ihr aus dem Weg zu gehen. Er verschanzte sich schreibend in seinem Arbeitszimmer oder klapperte Verlage und Sender ab, um an Aufträge zu kommen. Einmal hatte man einen Text von ihm, der über dreihundert Seiten lang war, schließlich doch abgelehnt. Nicht weil er unzureichend gewesen wäre, sondern weil dem zuständigen Redakteur zu spät aufgefallen war, dass eben dieses Thema, über das mein Vater geschrieben hatte, schon zwei Jahre zuvor in einem Dokumentarfilm abgehandelt worden war. Mein Vater erhielt für seine Arbeit nur eine geringe Anzahlung.

Und dennoch hatte er weitergekämpft. Er war überzeugt davon gewesen, die Geldsorgen in den Griff zu bekommen.

Mein Vater hätte sich scheiden lassen können, darüber hatte er wohl mehr als einmal nachgedacht. Aber er fühlte sich verantwortlich für die Frau, die er einmal geliebt hatte.

Seine Fürsorge wurde mit monatlich fünfzig Mark Taschengeld belohnt, die sie ihm vom Haushaltsgeld überließ, der Rest floss in andere Ausgaben, Miete, Essen, Friseur, Kosmetik. Von den fünfzig Mark schickte mein Vater jeden Monat vierzig Mark an meine Mutter und mich. Mehr konnte er nicht für uns aufbringen.

50

Über unserem Leben hing ein dunkler Himmel, an dem sich eine schwarze Gewitterwand zusammenbraute. Unsere Kraftreserven schwanden, die Nerven meiner Mutter lagen blank. Da er vergessen hatte, wie man eine Toilette benutzte, durften wir meinen Vater inzwischen keinen Moment mehr aus den Augen lassen. Wir versuchten, ihn an Windeln zu gewöhnen, aber die störten ihn, und er gab keine Ruhe, bis er sich wieder von ihnen befreit hatte. Er wurde zornig, wenn ich ihn bat, das zu lassen. Ich musste ihn auf Schritt und Tritt verfolgen. Alles drehte sich nur noch um ihn. Den ganzen Tag, vom Aufwachen bis zum Einschlafen, vom ersten Wecker, bis das Licht wieder ausging.

Es fiel mir schwer, mich auf meine Hausaufgaben zu konzentrieren, weil ich mit einem Auge immer meinen Vater im Blick behalten musste.

Als ich in der neunten Klasse war, musste ich einmal für eine Schularbeit lernen. Wir saßen zusammen im Wohnzimmer, aber mein Vater stand immer wieder auf, um sich auf einen seiner Rundgänge zu machen, und ich verbot sie ihm, weil meine Mutter schlafen musste. Mir wurde im Verlauf des Nachmittags immer klarer, dass ich meine Schularbeit vergessen konnte, wenn mein Vater mich immer wieder aus der Konzentration riss. Also traf ich eine folgenschwere Entscheidung. Nachdem mein Vater sich nach der Prüfung aller Fenstergriffe auf einem Sessel niedergelassen hatte, um auszuruhen, holte ich mein Springseil, wickelte es um seinen Oberkörper und verknotete es hinter seinem Rücken.

Es setzte eine paradiesische Ruhe ein. Wir saßen gemeinsam im Wohnzimmer, und von außen betrachtet wirkten wir wahrscheinlich wie ein friedliches Vater-Tochter-Paar. Ich konzentrierte mich auf meine Aufgaben, während mein Vater sich damit beschäftigte, seine Fesseln zu lösen. Doch es gelang ihm nicht. Er sagte hilflos, er würde gern aufstehen, aber er könne es nicht. Ich beruhigte ihn und beteuerte, dass seine Ärztin gleich käme, um nach ihm zu sehen. Und dass seine Frau noch schliefe und Ruhe brauchte, wenn sie ausgeschlafen habe, aber sicher sofort zu ihm kommen würde. Ich war wieder die Krankenschwester, die er brauchte. Zumindest schien ihn zu beruhigen, dass ich eine fachkundige Person war. Mit angstverzerrtem Gesicht fragte mein Vater alle drei Minuten, was er auf dem Sessel solle und warum er nicht aufstehen könne. Und ich spürte Verzweiflung in mir hochsteigen, Hilflosigkeit. Die Wut auf alles und jeden um mich herum, weil ich in einer solch ausweglosen Situation war. Und gleichzeitig spürte ich den abgrundtiefen Hass ihm gegenüber, weil er mir diesen schrecklichen Anblick zumutete.

Dabei musste er sich nicht vor mir fürchten. Nicht, solange er tat, was von ihm verlangt wurde.

Meine Mutter durfte natürlich von all dem nichts wissen.

Sie selbst versuchte mit engelsgleicher Geduld, meinen Vater immer und immer wieder zu besänftigen. In mir rief das nur noch Unverständnis und Wut hervor.

51

Natürlich konnte meine Lösung, meinen Vater anzubinden und so zumindest für eine gewisse Zeit ruhigzustellen, nicht von Dauer sein. Als ich ihn wenige Tage später wieder einmal von seinem Sessel losmachte, prangte auf der himmelblauen samtenen Sitzfläche ein dunkler Fleck. Mein Vater hatte sich eingenässt. Er hatte den Sessel meiner Mutter, den sie aus unserem früheren Leben mitgebracht hatte, ruiniert.

Meine Mutter liebte ihre Möbel. Die wenigen Dinge, die sie besaß, hielt sie in Ehren. Und auf jedes einzelne Möbelstück hatte sie lange gespart. Nie hatte ich mich in Vaihingen einfach aufs Sofa werfen dürfen. Vorher musste ich eine Decke darüber ausbreiten. Den Wohnzimmertisch aus Kirschbaumholz schützte ein Spitzendeckchen. Die Schränke durften nur an den Schlüsseln berührt werden, griff ich aus Versehen mit meinen »Fettfingern« an das Holz einer Schranktür, gab es ein Donnerwetter. Das Wohnzimmer war meiner Mutter immer heilig gewesen.

Jetzt stand ich neben meinem Vater und betrachtete die nasse Sitzfläche. Ich stellte mir meine Mutter vor, wenn sie den Fleck entdecken würde. Ich wusste, sie würde schimpfen und weinen, weil dieser Fleck eine Art Sinnbild für unseren Untergang war. Alles, was wir geliebt und beschützt hatten, alles, was uns in unserem früheren Leben heilig gewesen war, ging gerade kaputt.

Ich drehte mich zu meinem Vater um, der mit leerem Blick aus dem Fenster sah. Er hatte gar nicht begriffen, was gerade passiert war. Also stupste ich ihn an und deutete auf den Sessel.

»Schau mal, was du da gerade gemacht hast, Papa.«

Mein Vater reagierte nicht. Er sah weiter aus dem Fenster.

Ich stupste ihn wieder.

»Schau mal, schau mal genau hin, was du da gerade gemacht hast! Schämst du dich nicht?«

Mein Vater sah mich an. Er verstand nicht.

»Ob du dich nicht schämst?«

Meine Stimme wurde lauter.

»Ob du dich nicht schämst, hier alles vollzupinkeln?«

Mein Vater wandte sich zum Gehen, aber ich packte ihn am Arm.

»Du sollst dir das anschauen!«

Er sah erst mich an und blickte dann zum Sessel. Er zeigte keinerlei Reaktion, und das war das Schlimmste für mich in dem Moment. Ich kam nicht an ihn ran. Ich war unsichtbar. Ich konnte ihn nicht aufhalten. Ich konnte ihm nicht klarmachen, dass das, was er ständig machte, einfach nicht ging.

Ich schubste ihn, ich wollte ihn wachrütteln, wollte erreichen, dass er mich und den Sessel wahrnahm. Sein Blick war vollkommen leer. Es musste doch möglich sein, ihm irgendwie klarzumachen, dass es so nicht weiterging.

Er ließ sich schubsen. Er wehrte sich nicht. Also begann ich, ihn zu beschimpfen. Ich warf ihm die hässlichsten Wörter an den Kopf, die mir einfielen. Aber er sah durch mich hindurch.

Irgendwann sagte er: »Ach Goldchen, sei doch nicht so. Bitte schimpf doch nicht, ich will's doch wiedergutmachen.«

Goldchen. Meine Mutter.

Mich gab es nicht.

52

Wieder wurde es Sommer. Wieder hatte ich Sommerferien. Wenn ich nach einer schlaflosen Nacht die Jalousien hochzog, lag unser Garten golden und tautropfengleißend in der morgendlichen Sonne. Es tröstete mich, dass unser Garten mich selbst nach der schrecklichsten Nacht so begrüßte, als sei nichts geschehen. Die Blumen blühten, die Blätter der Linde wiegten sich im Morgenwind, das frisch gemähte Gras duftete. Wenn ich unseren Garten betrachtete, wusste ich, dass es noch ein anderes Leben geben musste als das, welches uns gerade umklammert hielt.

Die Tage mit meinem Vater in der Brunnenstraße waren hart. Aber am schlimmsten waren die Nächte ohne meine Mutter.

Ich fürchtete mich vor dem Quietschen der Sprungfedern im Schlafzimmer nebenan. Ich fürchtete mich vor den Schritten im Flur und vor dem Schatten meines Vaters vor meiner Tür aus Riffelglas.

Ich war vierzehn Jahre alt. Ein endloser Sommer lag vor mir, aber ich freute mich nur auf die Zeit danach, wenn ich wieder in die Schule gehen durfte. Immerhin hatte ich das Klassenziel erreicht, wenn auch nur mit Mühe.

Meine Klassenkameraden fuhren jetzt mit ihren Eltern ans Meer oder in die Berge. Oder sie trafen sich an der Kreuzung in der Stadt, um mit den Rädern zum Baggersee zu fahren.

Während ich morgens das Schloss der Haustür aufsperrte,

um meiner Mutter das Gartentor zu öffnen, schoben sich die Bilder aus unserem früheren Leben vor meinen Blick. Ich sah meine Mutter und mich zu Beginn der Sommerferien in unserem Käfer Richtung Süden aufbrechen. Was für eine Aufregung das immer gewesen war! Dieses nicht zu beschreibende Gefühl grenzenloser Freiheit. Die unbedingte Sicherheit, meine Mutter für die nächsten drei Wochen ganz allein für mich zu haben.

Immer durfte ich zwei meiner Puppenkinder mitnehmen, und die Entscheidung, welche mich in die große weite Welt begleiten durften, hatte mich jedes Mal schlaflose Nächte gekostet. Natürlich konnte ich mit der schönen braven Jacqueline bei neuen Freundinnen am meisten punkten. Aber hatte Sabine mit ihren Schielaugen, den quietschenden Gelenken und dem abgeschnibbelten Haar die Ferien nicht viel eher verdient? Sie hatte ja sonst nichts Schönes mehr in ihrem Leben. Meistens entschied ich mich für die weniger hübschen Puppenkinder, um ihnen eine Freude zu machen. Die anderen, die zu Hause bleiben mussten, setzte ich in Reih und Glied ans Fenster, damit sie sich wenigstens darüber austauschen konnten, was in der kleinen Welt des Vaihinger Vorgartens passierte.

Während ich das schwere Garagentor hochstemmte, dachte ich daran, wie es sich angefühlt hatte, bis an den Rand der Erschöpfung durch die Wellen im Meer zu tauchen, bibbernd vor Kälte von meiner Mutter in das große Strandtuch gewickelt zu werden, das Kratzen der Sandkörnchen auf nasser Haut. Den Duft unserer Sonnencreme. Immer Delial. *Delial, bräunt ideal.* Drei blonde Frauen auf gelbem Grund, eine dunkler gebräunt als die andere. Und obwohl ich wusste, dass mein blasser Hautton niemals so sein würde, war ich fest davon überzeugt, bei regelmäßigem Gebrauch dieser Sonnencreme auch irgendwann so schokoladenbraun zu werden wie die schöne Frau auf der Werbung.

Vor ein paar Jahren hatte ich meinen Eltern vorgeschlagen, ihnen mein Erspartes zu geben, damit wir zusammen in die Ferien ans Meer fahren könnten. Ich war völlig enthusiastisch. Ich war sicher, dass ich diesen Urlaub für uns bezahlen könnte. Ich hatte fünfunddreißig Mark in meiner Spardose.

53

Nach besonders schweren Nächten in diesen Sommerferien hatte ich manchmal das Gefühl, ich könnte mein Verhalten meinem Vater gegenüber, das Schimpfen und Schubsen, wenn er wieder in den Flur gepinkelt hatte, dadurch ungeschehen machen, dass ich am nächsten Tag besonders lieb zu ihm war.

Meine Mutter und ich hatten uns eine Routine angewöhnt, der wir in stillem Einvernehmen folgten. So vergingen die endlosen Tage und Nächte mit meinem Vater zwar nicht schneller, aber immerhin einigermaßen geordnet.

Wenn meine Mutter nach Hause kam, weckte sie ihn, denn gegen Morgen schlief er meistens ein, half ihm aus dem Bett, wusch ihn und zog ihn an. Ich machte ihm währenddessen sein Frühstück. Nachdem meine Mutter dann meinen Vater bei mir in der Küche abgeliefert hatte, konnte sie sich hinlegen.

Die Schichten meiner Mutter im Krankenhaus waren anstrengend. Sie wachte über eine große Station mit bis zu zwanzig zum Teil schwer kranken Patienten. Einige von ihnen litten, genau wie mein Vater, an Altersdemenz oder Alzheimer, was für meine Mutter bedeutete, dass sie dort mit den gleichen Bildern konfrontiert wurde wie zu Hause. Ihre Station war auch Anlaufstelle für Alkoholkranke, die manchmal von der Polizei nachts auf den Straßen aufgelesen oder aus ihren Wohnungen gezerrt worden waren, nachdem sie versucht hatten, ihre Ehefrauen zu verprügeln. Sie kamen zur Ausnüchterung auf die Station meiner Mutter, grölten, schimpften und schlugen um sich. Die Wirkung der Beruhigungsmittel, die ihnen verabreicht wurden, verpuffte meistens innerhalb der ersten Stunden, und meine Mutter sah sich diesen Patienten hilflos ausgeliefert. Sie fürchtete sich. Einmal kam sie weinend nach Hause, ihre Wange war angeschwollen, und ihr Nacken und ihre Arme waren übersät mit blauen Flecken. Ein Betrunkener hatte sie niedergerungen und verprügelt, weil sie sich ihm, der nach Hause wollte, in den Weg gestellt hatte.

Als ich ihr geschwollenes Gesicht sah, bat ich sie, nicht mehr wegzugehen. Aber es blieb ihr nichts anderes übrig. Und am nächsten Abend waren die Besoffenen, wenn sie sich im Suff nicht schwerer verletzt hatten, auch meistens wieder bei ihren Familien.

Mein Vater stand orientierungslos in unserer Küche, also schob ich ihn ins Esszimmer und setzte ihn auf seinen Platz, um ihm sein Frühstück zu geben. Es war noch früh am Morgen, und der Tag lag vor uns wie ein gähnender Abgrund. Mein Vater wünschte sich wie immer eine Tasse Pulverkaffee mit Kaffeeweißer, dazu Toastbrot mit Butter und Marmelade. Manchmal nahm er ein Ei. Meistens blieb es jedoch beim ersten Bissen. Dann warf er die Serviette, die ich ihm um den Hals gebunden hatte, von sich und stand auf.

Irgendwann wusste er nicht mehr, wie man ein Besteck benutzt, und wir mussten ihn füttern. An manchen Tagen aber aß er allein. Ich wusste nie vorher, ob man ihm helfen musste oder ob man bei dem Versuch, ihm einen Bissen in den Mund zu schieben, von ihm beiseitegestoßen wurde.

54

Nach dem Frühstück kniete ich mich vor den Giftschrank, um die Tabletten für den Tag abzuzählen. Nachdem er mich einmal mit all seinen Pillen in Händen vor dem Schränkchen ertappt hatte, blickte er jedes Mal auf, wenn er das Klacken der Schranktür vernahm. Er schien sich diesen Augenblick eingeprägt zu haben, was mich wunderte und zutiefst beschämte. Ich hatte seine Hilflosigkeit missbraucht. Jetzt beobachtete er jeden meiner Handgriffe. Misstrauisch blitzten seine hellen Augen hinter den Brillengläsern, verengten sich, während er die Tabletten nahm. Manchmal schluckte er sie brav herunter, manchmal warf er sie auf den Boden.

Ich hatte den Plan, meinen Vater zu vergiften, nicht weiterverfolgt. Es schien mir zu unsicher. Stattdessen ließ ich sein Herzmittel weg. Immer in der Hoffnung, er würde vielleicht eines Tages einfach vor meinen Augen tot umkippen. Aber entgegen seiner hypochondrischen Veranlagung hatte mein Vater eine Bärenkonstitution.

55

Bei schönem Wetter ging ich mit meinem Vater in den Garten und zeigte ihm die Blumen, oder wir ließen Käfer über unsere Hände krabbeln. An manchen Tagen konnte ich ihn so für kurze Zeit beschäftigen, er schien sich sogar über die Entdeckungen, die wir zusammen machten, zu freuen. An anderen Tagen wandte er sich ab. Vielleicht sah er auch zu wenig, er war auf dem rechten Auge inzwischen beinahe blind. Dann versuchte ich, ihm etwas vorzulesen, was selten gelang, weil er die Zusammenhänge nicht mehr verstand.

An einem Morgen hatte ich die Idee, mit ihm gemeinsam einen Brief an seinen ehemals besten Freund zu schreiben. Er schien sich zu freuen. Ich räumte den Esstisch frei, suchte weißes Papier und seinen Füller, den man noch aus einem Fässchen mit Tinte befüllen musste. Aber als er merkte, dass er nicht mehr wusste, wie man einen Füller benutzte, knallte er ihn auf den Tisch und stand auf. Er wollte zu Muttchen, und so sehr ich mich bemühte, ihn auf andere Gedanken zu bringen, es gelang mir nicht. Irgendwann zwang ich ihn auf seinen Sessel und band ihn fest, nicht ohne vorher die Sitzfläche mit einer Plastikfolie abgedeckt zu haben.

Plötzlich fing mein Vater an zu schreien. Laut schallten seine Hilferufe durch die Wohnung, und ich wurde panisch, weil ich wusste, dass er auf diese Weise meine Mutter aufwecken würde. Ich band ihm ein Geschirrtuch über den Mund. Ich musste seinem Blick standhalten und empfand seine bittere Stille als kläglichen Triumph.

Natürlich war ich mir im Klaren darüber, dass ich Verbotenes tat. Ich hatte eigentlich einen gut ausgeprägten Gerechtigkeitssinn. Immer half ich den Schwächeren. Meine Ohrfeigen waren schon im Kindergarten gefürchtet. Ich traf mit voller Wucht, was vielleicht auch daran lag, dass ich gern ein Junge gewesen wäre. Und Jungs mussten ordentlich zuschlagen können, wenn sie geärgert wurden. Ich hatte mir angewöhnt, die anderen Kinder vorzuwarnen: »I schmotz dir glei eune!« war ein Satz, den alle von mir kannten. Wenn sie trotzdem gehauen werden wollten, konnte ich ihnen auch nicht helfen.

Als in unserem Vaihinger Kindergarten einmal vorübergehend ein schwarzer Junge zu Gast war und von den anderen Kindern wegen seiner Hautfarbe gehänselt wurde, haute ich so lang auf die Lästermäuler ein, bis Tante Lore, meine Kindergärtnerin, dazwischenfuhr und uns auseinanderzog. Zur Strafe wurde ich in die Besenkammer gesperrt. Aber das tat meiner Haltung keinen Abbruch, obwohl mich Tante Lores Strafmaßnahme kränkte. Ich mochte sie sehr und hatte in ihr eine Verbündete gesehen. Meiner Meinung nach gehörten die anderen Kinder in die Besenkammer.

Meinen Vater bekam ich an dem Morgen in der Brunnenstraße nicht ruhiggestellt, obwohl er festgebunden war. Er zog den ganzen Sessel mithilfe seiner Füße durchs Wohnzimmer bis zur Tür. Aus Angst, meine Mutter mit dem Radau zu wecken, löste ich schließlich seine Fesseln und ließ ihn aufstehen. Natürlich hatte er sich wieder eingenässt. Schweigend führte ich ihn ins Badezimmer, zog ihn aus, half ihm in die Badewanne und brauste ihn ab. Er ließ es mit sich geschehen. Er war sich nicht klar darüber, dass er nackt war. Mir half es, mit dieser Situation umzugehen, als sei sie normal.

Die Zeit verging nicht. Der Tag lag immer noch vor uns wie ein platt getretener Kaugummi. Da ich nicht wusste, was ich noch mit ihm machen sollte, um ihn bei Laune zu halten, schnitt ich ihm seine Fingernägel. Danach kürzte ich ihm die Fußnägel. Ihm die Nägel zu schneiden kostete mich einige Überwindung. Es war für mich sehr intim. Intimer, als ihm den Po zu waschen. Aber es blieb mir nichts anderes übrig, wenn ich einen gepflegten Vater haben wollte. Irgendjemand musste es tun, und meiner Mutter fehlte manchmal der Blick dafür.

Dann cremte ich ihn ein. Auch die Füße. Ich wollte ihn schön haben. Als ich mit dem Eincremen fertig war, griff ich wieder zu meiner Nagelschere und begann, sein Haar zu schneiden. Das Haar meines Vaters war fein und weich. Es glänzte, wenn ich es frisch gewaschen hatte. Obwohl es ergraut war, schimmerten immer wieder goldene Fäden im Licht. Ich schnitt ihm gern die Haare, und er schien diese Momente zu genießen, denn er hielt ganz still.

Dummerweise hatte ich vergessen, Wechselwäsche für ihn bereitzulegen, nachdem meine Mutter sich schlafen gelegt hatte. Die Wechselwäsche lag im Schlafzimmerschrank. Also zog ich meinem Vater seinen Bademantel über. Das mochte er nicht. Ordentliche Kleidung, ganz gleich, ob zu Hause oder früher im Büro, war für meinen Vater so wichtig wie das tägliche Brot. Selbst jetzt noch, wo er doch auf kaum etwas achtete. Niemals wäre er früher ohne Krawatte durch die Wohnung gelaufen. Jetzt wollte er sich aus seinem Bademantel befreien, was ich ihm aber nicht erlauben konnte, weil er darunter nackt war.

Wir rangen miteinander, er löste seinen Bademantelgürtel, ich band ihn wieder zu. Irgendwann fing er wieder an zu rufen. Er schubste mich beiseite, lief zur Tür und rüttelte an der Klinke. Er veranstaltete einen Höllenlärm, und so sehr ich versuchte, ihn von der Tür wegzuzerren, es gelang mir nicht.

Irgendwann rief meine Mutter von draußen, wir sollten mit dem Krach aufhören und aufmachen. Ich schloss auf und öffnete die Tür.

Meine Mutter stand im Nachthemd vor uns. Ihr Gesicht war kreideweiß, sie hatte kaum zwei Stunden geschlafen. Mein Vater wurde augenblicklich still, dann huschte ein Lächeln über sein Gesicht, und er sagte: »Ach, Goldchen, da bist du ja endlich.«

Sie nahm ihn mit ins Schlafzimmer. Ich ging in die Küche, um das Geschirr wegzuräumen. Dabei zerbrach ich Papas Tasse, weil ich sie zu heftig in die Spüle donnerte. »Das ist okay, das ist schon okay. Der ist doch sowieso zu blöd, seine Lieblingstasse zu erkennen«, murmelte ich. Dabei tat es mir leid, dass er jetzt keine eigene Tasse mehr hatte. Er mochte sie sehr, das wusste ich, er hing sehr an ihr. Was hatte er außer seiner Kaffeetasse noch?

Der Hass für einen Menschen kann in gleichem Maße wachsen wie die Liebe, die man für ihn empfunden hatte. Das wurde mir in diesem Moment klar. Je größer die Liebe, desto größer der Hass. Konnte das stimmen? Bei mir war das der Fall. Ich hatte eine Liebe für meinen Vater in mir gehabt, größer als der Himmel und die Erde zusammen.

56

Mein Vater wusste schon lange nichts mehr mit den großen, für mich wichtigen Feiertagen anzufangen. Meine Geburtstage kamen und gingen, ohne dass er davon besondere Notiz genommen hätte. Und doch huschte ihm immer, wenn ich an meinem Geburtstag ein Päckchen ausgepackt hatte und meiner Mutter um den Hals fiel, ein kleines Lächeln übers Gesicht. Nie hatte er sich, auch früher nicht, über Kollegen beschwert, die vielleicht mehr verdienten als er. Die es geschafft hatten, ihren hart erarbeiteten Erfolg bis ins hohe Alter zu erhalten. Immer hatte er ein offenes Ohr für die Probleme anderer gehabt und sich Gedanken darüber gemacht, wie er in Not geratenen Freunden helfen konnte. An einem Weihnachtsabend vor fünf Jahren war ihm aufgefallen, dass er kein Geschenk für mich hatte. Er war völlig aufgewühlt, obwohl meine Mutter ihm sagte, dass der Kassettenrekorder, den ich bekommen sollte, doch von ihnen beiden sei. Aber das war meinem Vater nicht genug. Er wollte seiner Tochter ein eigenes Geschenk machen. Ich hörte die Diskussion der beiden, aber anstatt in seiner Verzweiflung etwas Schönes zu sehen, nahm ich ihm seine plötzliche Panik übel. Er hatte doch genug Zeit gehabt, um mir ein Geschenk zu besorgen. Erst jetzt begriff ich, dass er das schon damals nicht mehr richtig konnte.

Kurz vor der Bescherung verschwand mein Vater in seinem Arbeitszimmer und kam mit einem kleinen Gegenstand zurück. Er strahlte übers ganze Gesicht, als er mir sein

Geschenk in die Hand drückte. Es war ein kleines Thermostat aus Messing, in der Form einer Bratpfanne. Mein Vater liebte Thermostate. Sein erster Gang morgens nach dem Aufstehen führte früher immer zur Terrassentür, um das Thermostat zu lesen und zu sehen, wie man sich zu kleiden hatte. Ob ein Pullover unter der obligatorischen Anzugjacke angebracht war oder doch nur ein Hemd, ob man einen Schal für den Spaziergang benötigte oder sogar einen Regenschirm. Seine Thermostate waren in der ganzen Wohnung verteilt, und natürlich kannte ich auch das Bratpfannenthermostat.

Ich betrachtete es von allen Seiten, als könne sich dahinter vielleicht noch ein richtiges Geschenk verbergen. Dann legte ich es wortlos beiseite und packte meinen Kassettenrekorder aus. Später nahm meine Mutter mich zur Seite und bat mich, nicht so hart zu meinem Vater zu sein und mich für sein Geschenk zu bedanken. Ich ignorierte sie.

In diesem Jahr musste meine Mutter über Weihnachten arbeiten und uns beide in der Brunnenstraße allein lassen. Sie hatte immer versucht, ihre Schicht so zu legen, dass sie am Silvesterabend arbeitete, um dann den Weihnachtsabend freizubekommen. Aber in jenem Jahr war das nicht möglich gewesen.

Die Lichter des Käfers verschwanden in der Dunkelheit, und ich war mit meinem Vater allein. Meine Mutter hatte uns einen kleinen Tannenbaum besorgt und am Nachmittag heimlich geschmückt. Ich hatte gar nicht damit gerechnet, weil ein Weihnachten ohne meine Mutter für mich sowieso kein Weihnachten war. Umso mehr freute ich mich über das Bäumchen. Ich dachte an mein Versprechen, gut auf meinen Vater aufzupassen, und zündete die schlanken weißen Kerzen an. In solchen Augenblicken blitzte in mir immer die Hoffnung auf, dass er plötzlich doch noch ein anderer würde. Vor allem hoffte ich, ihn wenigstens zu Weihnachten ruhig halten zu können, ich wollte ganz besonders lieb zu ihm sein. Ich setzte ihn aufs Sofa und zeigte ihm den Baum. Dann gab ich ihm den Heringssalat, den meine Mutter für uns vorbereitet hatte. Er aß sein Schälchen leer, während er unseren kleinen Baum betrachtete. Er fragte mich, was es denn Besonderes mit dem Bäumchen auf sich hätte.

»Es ist Weihnachten, Papa, die Menschen schmücken am Heiligen Abend einen Tannenbaum, um die Geburt des Jesuskinds zu feiern.«

Ich führte ihn an unsere kleine Krippe und zeigte ihm das Jesuskind. Vielleicht hatte ich doch sein Interesse geweckt. Dann aber wandte er sich unvermittelt ab und lief zur Tür.

»Wohin gehst du, Papa?«

»Wo ist Muttchen?«

»Arbeiten.«

»Wann kommt sie wieder?«

»Bald.«

»Wann bald?«

»Da schläfst du schon.«

»Ich warte.«

Er trat in den Flur. Dann hörte ich ihn an der Haustür rütteln.

»Hallo?«

Ich folgte ihm und sagte:

»Papa, komm, wir setzen uns wieder ins Wohnzimmer. Es ist Weihnachten.«

Ich nahm ihn am Arm und versuchte, ihn von der Tür wegzuziehen, aber er schüttelte mich ab und rüttelte an der Klinke.

»Hallo?«

In der Wohnung über uns hörte ich Geräusche. Es war mir immer unangenehm, wenn andere Menschen uns hören konnten. Ich wollte nicht, dass unsere Vermieterin mein Versagen mitbekam.

Noch einmal zog ich meinen Vater von der Tür weg. Er wehrte sich. Und fing an, lauter zu rufen. Vom Wohnzimmer aus leuchtete der Kerzenschein in den Flur, und ich hatte plötzlich das Gefühl, mich in zwei Welten zu bewegen. In der dunklen Welt meines Vaters. Die ich hasste, die ich aber nicht verlassen konnte. Und in der lichterfüllten Welt meiner Mutter. Nach ihr sehnte ich mich. Aber sie war unerreichbar.

Mein Vater schrie immer lauter, und irgendwann hielt ich ihm den Mund zu. Mit aller Kraft zerrte ich ihn von der Tür weg, er hielt sich an den Mänteln fest, die an der Garderobe hingen. Bis die Garderobenstange mit einem Ruck aus der Verankerung riss und uns unter den Mänteln begrub.

Immer wenn so etwas Schlimmes passierte, sah ich sofort den enttäuschten Blick meiner Mutter vor mir. Und jetzt hatten wir die Garderobenstange aus der Wand gerissen. Mein Vater schob die Mäntel beiseite und stand auf. Er lief an mir vorbei ins Wohnzimmer. Ich folgte ihm und sah, wie er vor dem Weihnachtsbaum stehen blieb und ihn betrachtete.

»Was ist das?«

»Ein Weihnachtsbaum.«

»Schön.«

Ich antwortete nicht.

Und eine Weile war es still im Wohnzimmer, bis er wieder nach Muttchen rief und nicht mehr damit aufhören wollte. Da habe ich ihm mit solcher Wucht zwischen seine Beine getreten, dass er einfach umkippte wie ein Streichholzmännchen. Er lag vor mir auf dem Boden und japste nach Luft, und ich stand über ihm und wusste nicht, was ich getan hatte.

Irgendwann habe ich die Kerzen ausgeblasen. Ich habe meinem Vater sein Nachthemd angezogen und ihn ins Bett gelegt. Als es im Schlafzimmer still war, habe ich schließlich versucht, die Garderobenstange wieder in die Wand zu stecken. Es funktionierte zu meiner Überraschung ganz gut. Meine Mutter würde den Schaden jedenfalls nicht gleich am nächsten Tag sehen. Später habe ich sie auf Station angerufen und ihr erzählt, dass der Abend gut verlaufen war. Dann bin ich ins Bett gegangen, habe Susi an meine Brust gedrückt und gewartet.

In der Wohnung über uns war es jetzt auch still.

Ich musste an eine Schallplatte denken, die mir mein Vater vor vielen Jahren geschenkt hatte, eine Carl-Orff-Platte. Er hatte einen Brief an meine Mutter dazugelegt, weil ich eigentlich noch zu klein war für dieses Geschenk. Und ich erinnerte mich ganz genau an ein paar Zeilen darin: »Sie ist noch ein Jahr zu jung, um das Ganze zu verstehen, aber es ist wohl, wenn man ihr's noch ein bisschen erklärt, eine so aufregende Geschichte von den Hirten auf dem Felde und dem Heran- und Abzug der Heiligen Drei Könige, dass ich meine, es müsste ihr jetzt schon wunderbar gefallen – wenn sie musikalisch ist, was ich auch glaube. Zwar sprechen die Hirtenbuben ein unverfälschtes Bayrisch, aber ich glaube, man kriagts allmeli raus, woas gmoant is.«

Ich erinnerte mich an diese Schallplatte als eines der wichtigsten Weihnachtsgeschenke meines Vaters an mich. Ich hatte die Orff'sche Weihnachtsgeschichte auf dem Plattenspieler meiner Mutter rauf und runter gespielt. Ich konnte alle Hirten mitsingen und sprechen, obwohl ich den bayrischen Dialekt gar nicht beherrschte. Ich habe die Hirtenjungen auf dem verschneiten Feld vor mir gesehen, den Abendstern, den Engel Gabriel, die blökenden Schafe mit ihren kleinen Lämmchen, die Könige, den Schein des Schuppens, in dem Maria und Josef über dem Jesuskind wachten. Und immer spürte ich in diesen Momenten meinen Vater ganz nah bei mir.

57

Ich schlug die Decke zurück und schlich auf den Flur. Es war Januar, und in der Wohnung herrschte Eiseskälte. Ich blieb vor der geschlossenen Schlafzimmertür stehen und lauschte. Kein Laut war zu hören. Hatte ich mich getäuscht, ich hatte doch ein dumpfes Poltern gehört? Ich legte die Hand an den Türgriff, aber dann beschloss ich, nicht nach meinem Vater zu sehen. Vielleicht hatte ich mir das Rumpeln im Schlafzimmer nur eingebildet? Ich wollte meinen Vater auf keinen Fall aufwecken.

Ich blieb noch ein Weilchen vor der Tür stehen und ging, nachdem alles still blieb, in mein Bett zurück. Meine Füße waren eiskalt, und ich rollte mich zusammen, damit mir wieder warm wurde. Ich versuchte, mir einzureden, dass es besser gewesen war, nicht nach meinem Vater zu sehen. Aber ich hörte nicht auf zu lauschen. Drüben blieb es still.

Was, wenn mein Vater gestürzt war und hilflos vor dem Bett lag? Aber ich wischte meine Bedenken beiseite. Ich war beauftragt worden, nach ihm zu sehen, wenn er riefe oder an die Türen klopfte.

Meine Gedanken schwirrten mir im Kopf umher. Ich sah meinen Vater stöhnend auf dem kalten Boden liegen. Aber dieses Bild beunruhigte mich nicht. Im Gegenteil, mich beruhigte die Vorstellung, dass mein Vater eventuell nicht mehr allein hochkam. Dann würde er nicht mehr rufen und umhergeistern können. Wieder lauschte ich. Es war totenstill. Irgendwann überkam mich der Schlaf.

Als ich am nächsten Morgen die Wohnungstür aufschloss, um meine Mutter hereinzulassen, war es immer noch ruhig im Schlafzimmer. Ich legte meinen Kopf an die Tür und lauschte noch einmal. Nichts. War es möglich, dass mein Vater über Nacht gestorben war? Und ein heißer Schauer lief mir bei der Vorstellung über den Rücken, eine Mischung aus Furcht und irrealer Vorfreude. Wenn er wirklich tot wäre, wären wir frei. Dann könnte meine Mutter endlich auch mal ausschlafen.

Nachdem sie ihre Tasche im Flur abgestellt hatte, ging meine Mutter ins Schlafzimmer. Einen Moment blieb es still, dann hörte ich sie schreien. Zögernd ging ich zum Schlafzimmer und schaute durch den Türrahmen hinein. Mein Vater lag ausgestreckt vor dem Bett auf dem Linoleumboden. Sein Nachthemd war ihm bis zum Bauch hochgerutscht, und seine Beine und Füße waren blau gefroren. An seiner Stirn klebte Blut. Er musste mit dem Kopf gegen das Nachtschränkchen geprallt sein.

Ich ging näher heran, um zu schauen, ob er tot war. Da bewegte er sich ein bisschen. Und stöhnte. Dieses Stöhnen ging mir durch Mark und Bein. Nicht, weil er mir leidtat, sondern weil ich in dem Moment begriff, dass es tatsächlich nicht vorbei war. Es ist nicht vorbei, ging mir immer wieder durch den Kopf. Ich stand da wie angewurzelt, während meine Mutter sich abmühte, meinen Vater wieder ins Bett zu hieven, und dachte über die verpasste Chance nach. Wäre meine Mutter ein paar Stunden später nach Hause gekommen, wäre mein Vater wahrscheinlich erfroren. Die Scheiben des Schlafzimmers waren vereist, der Linoleumboden vor dem Bett war kalt und klamm. Mein Vater riss die Augen auf und stammelte irgendwas. Seine Lippen waren blau und verklebt. Er hatte sich übergeben, und an seinem Kinn hing eingetrockneter Schleim.

Meine Mutter drehte sich nach mir um und fuhr mich

an, ich solle nicht blöde herumstehen: »Hilf mir endlich, ihn wieder ins Bett zu bekommen.«

Also half ich ihr. Ich packte seine Füße, und gemeinsam hievten wir ihn hoch. Dann rannte meine Mutter in die Küche, um Wasser für eine Wärmflasche aufzusetzen. Sie war völlig aufgelöst.

Ich blieb bei meinem Vater stehen und betrachtete sein Gesicht. Ich hatte mir tatsächlich nichts sehnlicher gewünscht als seinen Tod. Seine Augen blickten ins Leere, sein Mund war leicht geöffnet. Meine Mutter kam zurück und schob mich zur Seite.

»Mach, zieh dich an, du musst in die Schule.«

Das war der einzige Satz, den sie sagte. Aber aus diesem einen Satz klang ein bitterer Vorwurf.

Später fragte sie mich immer wieder, warum ich in der Nacht nicht nach meinem Vater gesehen, ob ich denn wirklich nichts gehört hätte. Immer wieder antwortete ich, dass ich geschlafen hätte. Ich entschuldigte mich nicht. Ich erzählte ihr nie, wie es wirklich gewesen war.

Wenn sie nur ein paar Stunden später nach Hause gekommen wäre.

58

Mein Vater holte sich in jener Nacht eine Lungenentzündung, bekam Antibiotika und musste das Bett hüten. Dem behandelnden Arzt war außerdem seine gelbe Gesichtsfarbe aufgefallen, und er unterzog ihn einer gründlichen Untersuchung. Sie ergab, dass mein Vater an Bauchspeicheldrüsenkrebs litt. Der Arzt empfahl meiner Mutter, meinen Vater in einem Krankenhaus unterzubringen, aber sie weigerte sich mit der Begründung, er leide schließlich unter Alzheimer und könne zu Hause besser versorgt werden.

Der Gesundheitszustand meines Vaters verschlechterte sich innerhalb der nächsten Monate rapide. Zu Beginn des Jahres 1978 begann meine Mutter, ihm starke Schmerz- und Beruhigungsmittel zu spritzen, so blieb er hin und wieder für ein paar Stunden liegen. Manchmal schlich ich mich zu seinem Bett, um zu sehen, ob er noch atmete. An manchen Tagen ging sein Atem so flach, dass ich glaubte, er sei tot. Im nächsten Moment aber setzte er sich auf und verlangte Wiener Würstchen mit Kartoffelsalat. Meine Mutter ließen solche Wünsche euphorisch werden. Ich verstand sie nicht mehr. Ein Graben hatte sich zwischen uns aufgetan. Sie war immer auf meiner Seite gewesen, sie wünschte sich genau wie ich nichts sehnlicher zurück als die Freiheit. Jetzt stellte sich heraus, dass sie tatsächlich an meinem Vater und an dem Leben mit ihm hing. Die Sehnsucht nach seinem Tod und das damit verbundene Schuldgefühl lasteten allein auf mir. Was stimmte nicht mit mir, dass ich mir seinen Tod wünschte?

Und doch machte sich in mir eine Art Zuversicht breit. Mein Vater konnte nicht mehr laufen. Er war schwächer geworden, sicher dauerte es nicht mehr lange. Und meine Mutter konnte nichts dagegen tun.

Endlich ließ er sich widerstandslos seine Windeln anziehen. Alle paar Stunden zog ich ihn aus dem Bett und setzte ihn auf seinen Klostuhl, um ihm ein bisschen Abwechslung zu gewähren. Der Klostuhl hatte Armlehnen, da konnte er nicht herausfallen.

An manchen Tagen kümmerte ich mich jetzt gern um meinen Vater. In gewisser Hinsicht ähnelte er meinen Puppen. Ich fütterte ihn, badete ihn, schnitt ihm das Haar und die Nägel und zog ihn schick an, bevor ich ihn in den Garten schob. Den Klostuhl konnte man auch als Rollstuhl benutzen, wenn man die Schüssel entfernte und durch ein Brett ersetzte. Gemeinsam betrachteten wir die Blumen und lauschten den Stimmen der Vögel, die er früher immer so gut hatte erkennen können. Er wehrte sich nicht mehr, gegen nichts. Der Anblick der Natur freute ihn. Er war wie immer leicht abwesend, aber die Abwechslung schien er zu genießen. Manchmal hielt ich ihm eine duftende Blume unter die Nase. Es dauerte ein bisschen, dann verzog er die Lippen zu einem Lächeln, und seine Augen strahlten.

Mein fünfzehnter Geburtstag verstrich, ohne dass jemand daran gedacht hätte. Die Leute aus meiner Klasse fingen an, Partys zu feiern. Ich konnte selten hin. Inzwischen konnte mein Vater sich nicht mehr bewegen. Sein Gesicht glich mehr und mehr einer Totenmaske, die Haut spannte sich über den Knochen, und seine Augen lagen tief in ihren Höhlen. Er konnte kaum noch essen und erhielt Infusionen, die meine Mutter aus dem Krankenhaus mitbrachte. Sie bat mich, ihn mit Joghurt zu füttern. Aber eines Tages, als ich in seinen Rachen schaute, fiel mir auf, dass er den Joghurt die letzten Tage gar nicht mehr runtergeschluckt hatte. Er steckte bis obenhin in der Speiseröhre und verströmte einen vergorenen Geruch.

Am Ende wog mein Vater nur noch so viel wie ein Kind. So fiel es mir leicht, ihn ins Bad zu tragen und in die Badewanne zu legen, ich musste mich nicht mehr mit dem Rollstuhl abmühen. Zweimal am Tag massierte ich seine Beine mit Franzbranntwein, um die Durchblutung anzuregen. Das ganze Schlafzimmer roch süßlich. Ein bisschen nach Franzbranntwein, ein bisschen nach Verwesung und Tod und nach Urin. Ich hasste diesen Geruch. Auch deshalb begann ich, nach dem Bad den Oberkörper meines Vaters mit seinem Rasierwasser einzureiben. Aber ich hatte nicht den Eindruck, dass es etwas nutzte.

Einmal kam Papas bester Freund zu Besuch. Onkel Willy, wie ich ihn nannte, war der Vater des Schauspielers Matthias Habich und mit meinem Vater in die gleiche Schule in Danzig Langfuhr gegangen. Als ich erfuhr, dass auch der Sohn, jener große, von mir bewunderte Schauspieler, kurz bei uns vorbeischauen wollte, weil er zu Dreharbeiten in München war, kannte meine Begeisterung keine Grenzen.

Meine Mutter buk Kuchen, und gemeinsam saßen wir im Wohnzimmer, während mein Vater in seinem Bett vor sich hin dämmerte. Onkel Willy erzählte von der gemeinsamen Kindheit und sein Sohn von den Dreharbeiten. Mehrmals entschuldigte ich mich und stand auf, um nach meinem Vater zu sehen. Ich genoss es, das brave Mädchen zu spielen. Ich wollte bei unseren Gästen einen guten Eindruck hinterlassen. Und ich wollte meine Sünden ungeschehen machen, indem ich meinem Vater alles gab, was mir vorher nicht möglich gewesen war. Dabei wartete ich noch immer auf seinen Tod.

Die beiden Männer lobten meinen Eifer und den unverkrampften Umgang mit meinem sterbenden Vater. Das erfüllte mich mit Stolz.

In der Schule war ich inzwischen so schlecht, dass ich das Jahr wiederholen musste. Ich hatte mich damit abgefunden, dass aus mir wohl doch keine Tierärztin werden würde. Nach den eindrücklichen Erzählungen des großen Matthias Habich setzte sich in meinem Kopf eine andere Idee fest. Eines Tages Schauspielerin zu werden.

59

Am Todestag meines Vaters saß ich auf dem Boden meines Zimmers und wartete. Ich zwirbelte die Fäden meines alten weißen Flokatis zu Zöpfchen, während ich versuchte, mir vorzustellen, wie ein Leben ohne meinen Vater aussehen würde.

Es war windig. Der Sturm pfiff durch die Fensterritzen, zerrte an den Zweigen unserer Linde, dunkle Wolken jagten über den Himmel. Ich senkte den Kopf und versuchte, so etwas wie Trauer zu empfinden, weil meine Mutter mir schon morgens gesagt hatte, dass mein Vater heute ganz sicher sterben würde. Sie sagte das schon seit Tagen, und deshalb glaubte ich ihr nicht mehr so richtig. Immer wenn ich mich mit dem Gedanken vertraut gemacht hatte, bald ohne meinen Vater leben zu dürfen, saß er plötzlich aufrecht in seinem Bett und verlangte Wiener Würstchen oder ein Käsebrot.

Aber irgendwann musste er ja sterben.

Dann wurde es plötzlich hell in meinem Zimmer. Goldenes Licht durchflutete den Garten, ich hob den Kopf und betrachtete den Himmel. Die Wolkendecke riss auf, und das Sonnenlicht strömte hervor und schien mir direkt in mein Gesicht. Das musste ein Zeichen sein. Und obwohl ich mich in letzter Zeit immer mehr davor gedrückt hatte, das Schlafzimmer meiner Eltern zu betreten, weil es immer unerträglicher nach Franzbranntwein und Tod roch, stand ich auf und lief hinüber. Meine Mutter saß an seinem Bett, und als ich neben sie trat, riss er die Augen weit auf, als sähe er etwas ungemein Schönes vor sich. Ein Stöhnen kam aus seiner

Brust, er hob leicht den Kopf, wie um noch besser sehen zu können, was sich Wunderbares vor ihm auszubreiten schien. Dann sank er in sein Kissen zurück, atmete tief aus und war still.

Meine Mutter fing an zu weinen. Sie warf sich auf den Körper meines Vaters, umschlang seine Arme und schüttelte ihn. Ich stand neben ihr und betrachtete sie. Ich spürte nichts. Keinen Schmerz. Nur eine tiefe Erleichterung. Das Gefühl, dass nun alles überstanden war. Fast so, als würde ich zum zweiten Mal geboren.

Meine Mutter hörte nicht auf zu weinen. Ich stand noch immer neben ihr und wunderte mich über meine Kälte. Warum weinte sie? Immer hatten wir diesen Augenblick herbeigesehnt. Jetzt war er eingetreten, und sie heulte. Ich zog die Jalousien hoch und öffnete das Fenster. Es war stickig im Zimmer, und ich wollte das alles möglichst schnell beenden.

Ich trat wieder ans Bett neben meine Mutter und hörte mich auf einmal sagen: »Freu dich doch. Jetzt ist er endlich verreckt.«

Dann ging ich nach draußen.

Erst eine Weile später kam meine Mutter. Sie kommentierte meine Bemerkung mit keiner Silbe.

Sie sagte: »Hilf mir bitte, deinem Vater den Kiefer festzubinden, sein Mund steht noch offen.« Wir pressten seine Kiefer zusammen und wickelten ihm einen Verband um den Kopf. Ein Auge ging nicht richtig zu. Jetzt sah er aus, als plagten ihn Ohrenschmerzen.

Die Bestatter mussten den Sarg gekippt in die Schlafzimmertür schieben, weil er sonst nicht durchgepasst hätte. Nachdem sie meinen Vater pietätvoll auf das weiße Satin gebettet, ihm die Hände gefaltet und den Deckel zugeschraubt hatten, standen sie mit dem Sarg in der Schlafzimmertür und kamen nicht mehr raus. Sie fluchten leise. Dann warfen sie meiner Mutter und mir einen scheuen Blick zu, murmelten eine Entschuldigung und kippten den Sarg mit meinem Vater auf die Seite. Es rumpelte, und ich überlegte, dass das ganze Händefalten und Gesichtzusammenbinden nichts genützt hatte, weil mein Vater jetzt völlig unordentlich zwischen seinen Satinkissen lag. Und eigentlich passte dieser Zustand viel besser zu ihm, als wenn am Schluss doch noch so etwas wie Ordnung in unser Leben gekommen wäre.

Zu seiner Beerdigung erschienen ein paar wenige Trauernde. Nicht viele. Aber das war auch besser so, denn Beerdigungen sind teuer. Als ich die Urne mit der Asche meines Vaters sah, musste ich lachen. Das war mir furchtbar unangenehm. Meine Mutter warf mir einen vorwurfsvollen Blick zu, die Trauernden drehten sich nach mir um. Aber ich konnte nicht aufhören. Es war zu merkwürdig, meinen Vater, vor dem ich immer solche Angst gehabt hatte, jetzt in einer kleinen Blechdose zu wissen.

60

Ich konnte jetzt die Nächte, in denen meine Mutter arbeitete, durchschlafen. Aber ich wurde vom immer gleichen Albtraum heimgesucht.

Ich bin allein in unserer Wohnung. Laufe den Flur entlang, über den sandfarbenen Teppich. Es ist ganz still. Die Margeritentapeten an den Wänden leuchten wunderschön. Da sehe ich einen Lichtschein. Das kann nicht sein, denke ich. Außer mir ist niemand in der Wohnung. Trotzdem schleiche ich näher und erkenne einen rötlichen Schein, der durch das Riffelglas meines Kinderzimmers fällt. Langsam öffne ich die Tür.

In meinem Zimmer steht ein schwarzes Klavier. Es nimmt fast den ganzen Raum ein. Überall sind Kerzen aufgestellt, das Licht flackert unruhig. Als sich meine Augen an die Dunkelheit gewöhnt haben, sehe ich eine auf dem Flügel kauernde menschliche Gestalt. Ich will mich umdrehen und weglaufen, aber meine Beine bewegen sich nicht. Langsam hebt die Gestalt den Kopf. Sieht mich an. Es ist mein Vater. Er lächelt. Sein Kopf sieht aus wie angeschraubt. Und er ist nackt. Auf seiner Stirn sind zwei kleine Hörner. Die Kerzen tauchen sein Gesicht in blutiges Rot. In dem Moment weiß ich: Es ist der Teufel.

Mein Entsetzen ist grenzenlos. Er wird sich an mir rächen. Dafür, dass ich ihn belogen habe, ihn nicht geliebt habe, dafür, dass ich ihn töten wollte. Jetzt ist er gekommen, um mich zu holen. Trotzdem beschließe ich, mich zu verstellen, so zu tun, als würde ich mich freuen. Ich verziehe mein Gesicht zu einem Lächeln und sage: »Papa! Du bist wieder da! Wie schön!«

Mein Vater lächelt bedauernd und schüttelt den Kopf. Dann hebt er eine Hand und bedeutet mir, näher zu kommen. Mein Herz rast. Wenn ich näher komme, wird er mich packen und mitnehmen. Aber ich gehorche. Ich kann nicht anders. Meine Füße bewegen sich wie von selbst.

Als ich vor ihm stehe, verändert sich sein Blick. Seine Augen gleißen. Wieder zeigt er seine Zähne, aber sein Lächeln ist nicht echt. Er sieht aus wie eine Puppe. Dann wiegt er wieder den Kopf. Hin und her, hin und her. Und kommt näher. Er rutscht über das Klavier, als würde er auf Schienen sitzen, als würde ihn ein unsichtbares Seil zu mir ziehen. Er streckt die Hand nach mir aus. Wieder schießt mir durch den Kopf, dass er nicht wissen darf, dass ich ihn nicht mag. Ich versuche es noch mal. »Papa …?«

Plötzlich gehen die Kerzen aus, etwas packt mich und zieht mich fort.

61

Nach dem Tod meines Vaters räumten wir seine Sachen aus. Meine Mutter wollte seine Brillen und seine Goldkrone behalten. Ich fand das merkwürdig. Aber ich schnappte mir seine Hemden und Krawatten. Männerhemden, kombiniert mit löchrigen Jeans und Turnschuhen, waren schwer in Mode.

In kürzester Zeit ließ ich das Vergangene hinter mir. Zumindest redete ich es mir ein. Mit meiner Mutter jedenfalls konnte ich nicht über die Zeit sprechen. Und wenn ich es versuchte, sagte sie nur: »Ach Gott, das war so schlimm, das ist jetzt vorbei, daran will ich nicht mehr denken.«

Ich nahm Putzjobs an, sparte mir ein Mokick zusammen, eine Honda Dax, um so cool zu sein wie die Leute in der Raucherecke der Schule. Wenn meine Mutter Nachtschicht hatte, lud ich ein paar von ihnen in die Brunnenstraße ein. Wir feierten bis in die Morgenstunden. Manchmal kam auch die Polizei. Ich achtete immer sehr darauf, dass unsere Wohnung am nächsten Morgen so aussah, wie meine Mutter sie zurückgelassen hatte. Sie erfuhr von den Feiern immer nur von den Nachbarn. Plötzlich gab es sie doch.

Ich verliebte mich und machte meinem ersten Freund das Leben zur Hölle. Ich war grundlos eifersüchtig, wollte ihn nur für mich haben, machte aber trotzdem alle zwei Tage mit ihm Schluss und betrog ihn, wo ich konnte. Wir schlugen uns die Nächte um die Ohren, tranken Alkohol, rauchten und brauchten das Valium auf, das ich aus dem Giftschrank nahm. Ich machte meiner Mutter nach wie vor jeden Abend

Tee, bevor sie losmusste, aber manchmal fand sie mich morgens nicht in meinem Bett. Dann hatte ich im Wald übernachtet, weil ich so betrunken war, dass ich den Weg nach Hause nicht mehr fand.

Immer wieder habe ich eine Kerze angezündet und versucht, mit meinem Vater zu sprechen. Habe mir eingebildet, er sei in meinem Zimmer. Einmal bin ich nachts auf dem Friedhof eingeschlafen. Ich war wie immer über den Zaun geklettert und hatte mich, betrunken, wie ich war, neben sein Grab gelegt. Wir hatten einen großen, unbehauenen Granitstein ausgesucht und die Blumen aus unserem Garten auf die Grabstelle gepflanzt. Er hätte das geliebt, da war ich mir sicher. Denn ich hatte einen Brief von ihm an meine Mutter gelesen. An ihn musste ich denken, bevor ich einschlief.

»Meine Liebste, es ist Freitag, und ich habe einen Brief von Dir bekommen, in dessen ruhig gebauten Sätzen eine so schöne Wärme wohnt, dass ich meinte, Du wärst nur in einem anderen Zimmer … Der Garten ist inzwischen in Grün und Blüten förmlich explodiert, auf dem Vorbeet sind jetzt Wildtulpen auferstanden, die außen leuchtend elfenbeinweiß nur einen breiten roten Streifen tragen, während das Innere braun, tiefschwarz und rote Flammen hat, aus denen die Staubbeutel herausschießen.

Dass Andrea sich in aller Ruhe daran gewöhnt, hierherzuziehen, finde ich schön. Natürlich ist es schwer für sie, von dem so wunderschönen Vaihingen und seinen lieben Menschen Abschied zu nehmen, und jetzt im Frühjahr spürt man das doppelt. Ich wiederum gehe, seit Ihr fort seid, hier herum wie ein Parkaufseher, wenn der Park geschlossen ist.«

Samstagnacht

Ich bin nicht bestürzt,
Wie du meinst,
Ich stürze nur
Ab.

Nicht alles,
Was bodenlos ist,
Endet in Gottes Schoß.

Günther Sawatzki

»Meine Mutter verzieh nicht. Niemandem.«

Andrea Sawatzki

Biarritz

Roman

Piper, 160 Seiten
ISBN 978-3-492-07266-3

Als Kind liebte Hanna ihre Mutter. Noch heute bewundert sie sie dafür, in den Sechzigerjahren als alleinstehende Frau ihr Leben gemeistert zu haben. Inzwischen ist viel geschehen, und es gibt eine Menge Dinge, die Hanna ihrer Mutter nicht verzeihen kann. Bei ihren sonntäglichen Besuchen im Heim wird ihr nun eines immer klarer: Sie muss Frieden machen. Für sich und ihre Mutter. Einen Ausweg finden aus der beiderseitigen Schuld und dem Bedürfnis nach Liebe. Ist Biarritz die Lösung?

Leseproben, E-Books und mehr unter www.piper.de